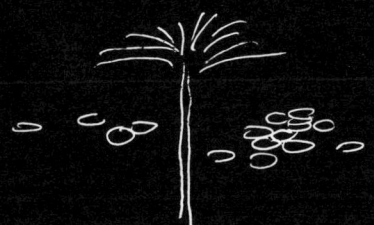

棋王 树王 孩子王

阿城 著

人民文学出版社

图书在版编目（CIP）数据

棋王　树王　孩子王 / 阿城著． -- 北京：人民文学出版社，202
(2024.3重印)
ISBN 978-7-02-018340-1

Ⅰ．①棋… Ⅱ．①阿… Ⅲ．①中篇小说－小说集－中国－当代②篇小说－小说集－中国－当代 Ⅳ．①I247.7

中国国家版本馆CIP数据核字（2023）第202951号

责任编辑	刘　稚　黄彦博
装帧设计	刘　静
责任印制	王重艺
出版发行	人民文学出版社
社　　址	北京市朝内大街166号
邮政编码	100705
印　　刷	北京盛通印刷股份有限公司
经　　销	全国新华书店等
字　　数	114千字
开　　本	850毫米×1168毫米　1/32
印　　张	8.5　插页1
印　　数	10001—15000
版　　次	2013年11月北京第1版
印　　次	2024年3月第2次印刷
书　　号	978-7-02-018340-1
定　　价	48.00元

如有印装质量问题，请与本社图书销售中心调换。电话：010－65233595

目录

棋王 \ 1

树王 \ 69

孩子王 \ 139

峡谷 \ 207

溜索 \ 213

洗澡 \ 221

雪山 \ 229

湖底 \ 235

提琴 \ 243

魂与魄与鬼及孔子 \ 249

棋王

一

　　车站是乱得不能再乱，成千上万的人都在说话。谁也不去注意那条临时挂起来的大红布标语。这标语大约挂了不少次，字纸都折得有些坏。喇叭里放着一首又一首的语录歌儿，唱得大家心更慌。

　　我的几个朋友，都已被我送走插队，现在轮到我了，竟没有人来送。父母生前颇有些污点，运动一开始即被打翻死去。家具上都有机关的铝牌编号，于是统统收走，倒也名正言顺。我虽孤身一人，却算不得独子，不在留城政策之内。我野狼似的转悠一年多，终于还是决定要走。此去的地方按月有二十几元工资，我便很向往，争了要去，居然就批了。因为所去之地与别国相邻，斗争之中除了阶级，尚有国际，出身孬一些，组织上不太放心。我争得这个信任和权利，欢喜是不用说的，更重要的是，每月二十几元，一个人如何用得完？只是没人来送，就有些不耐烦，于是先钻进车厢，想找个地方坐下，任凭站台上千万人话别。

车厢里靠站台一面的窗子已经挤满各校的知青，都探出身去说笑哭泣。另一面的窗子朝南，冬日的阳光斜射进来，冷清清地照在北边儿众多的屁股上。两边儿行李架上塞满了东西。我走动着找我的座位号，却发现还有一个精瘦的学生孤坐着，手笼在袖管儿里，隔窗望着车站南边儿的空车皮。

我的座位恰与他在一个格儿里，是斜对面儿，于是就坐下了，也把手笼在袖里。那个学生瞄了我一下，眼里突然放出光来，问："下棋吗？"倒吓了我一跳，急忙摆手说："不会！"他不相信地看着我说："这么细长的手指头，就是个捏棋子儿的，你肯定会。来一盘吧，我带着家伙呢。"说着就抬身从窗钩上取下书包，往里掏着。我说："我只会马走日，象走田。你没人送吗？"他已把棋盘拿出来，放在茶几上。塑料棋盘却搁不下，他想了想，就横摆了，说："不碍事，一样下。

来来来，你先走。"我笑起来，说："你没人送吗？这么乱，下什么棋？"他一边码好最后一个棋子，一边说："我他妈要谁送？去的是有饭吃的地方，闹得这么哭哭啼啼的。来，你先走。"我奇怪了，可还是拈起炮，往当头上一移。我的棋还没移到，他的马却"啪"地一声跳好，比我还快。我就故意将炮移过当头的地方停下。他很快地看了一眼我的下巴，说："你还说不会？这炮二平六的开局，我在郑州遇见一个名手，就是这么走，险些输给他。炮二平五当头炮，是老开局，可有气势，而且是最稳的。嗯？你走。"我倒不知怎么走了，手在棋盘上游移着。他不动声色地看着整个棋盘，又把手袖笼起来。

就在这时，车厢乱了起来。好多人拥进来，隔着玻璃往外招手。我就站起身，也隔着玻璃往北看月台上。站上的人都拥到车厢前，都在叫，乱成一片。车身忽地一动，人群"嗡"地一下，哭声四起。我的背被谁捅了一下，回头一看，他一手护着棋盘，说："没你这么下棋的，走哇！"我实在没心思下棋，而且心里有些酸，就硬硬地说："我不下了。这是什么时候！"他很惊愕地看着我，忽然像明白了，身子软下去，不再说话。

车开了一会儿,车厢开始平静下来。有水送过来,大家就掏出缸子要水。我旁边的人打了水,说:"谁的棋?收了放缸子。"他很可怜的样子,问:"下棋吗?"要放缸子的人说:"反正没意思,来一盘吧。"他就很高兴,连忙码好棋子。对手说:"这横着算怎么回事儿?没法儿看。"他搓着手说:"凑合了,平常看棋的时候,棋盘不等于是横着的?你先走。"对手很老练地拿起棋子儿,嘴里叫着:"当头炮。"他跟着跳上马。对手马上把他的卒吃了,他也立刻用马吃了对方的炮。我看这种简单的开局没有大意思,又实在对象棋不感兴趣,就转了头。

这时一个同学走过来,像在找什么人,一眼望到我,就说:"来来来,四缺一,就差你了。"我知道他们是在打牌,就摇摇头。同学走到我们这一格,正待伸手拉我,忽然大叫:"棋呆子,你怎么在这儿?你妹妹刚才把你找苦了,我说没见啊。没想到你在我们学校这节车厢里,气儿都不吭一声儿。你瞧你瞧,又下上了。"

棋呆子红了脸,没好气儿地说:"你管天管地,还管我下棋?走,该你走了。"就又催促我身边的对手。我这时听出点音儿来,就问同学:"他就是王一生?"

同学睁了眼,说:"你不认识他?唉呀,你白活了。你不知道棋呆子?"我说:"我知道棋呆子就是王一生,可不知道王一生就是他。"说着,就仔细看着这个精瘦的学生。王一生勉强笑一笑,只看着棋盘。

王一生简直大名鼎鼎。我们学校与旁边几个中学常常有学生之间的象棋厮杀,后来拼出几个高手。几个高手之间常摆擂台,渐渐地,几乎每次冠军就都是王一生了。我因为不喜欢象棋,也就不去关心什么象棋冠军,但王一生的大名,却常被班上几个棋篓子供在嘴上,我也就对其事迹略闻一二,知道王一生外号棋呆子,棋下得很神不用说,而且在他们学校那一年级里数理成绩总是前数名。我想棋下得好而有个数学脑子,这很合情理,可我又不信人们说的那些王一生的呆事,觉得不过是大家寻逸闻鄙事以快言论罢了。后来运动起来,忽然有一天大家传说棋呆子在串连时犯了事儿,被人押回学校了。我对棋呆子能出去串连表示怀疑,因为以前大家对他的描述说明他不可能解决串连时的吃喝问题。可大家说呆子确实去串连了,因为老下棋,被人瞄中,就同他各处走,常常送他一点儿钱,他也不问,只是收下。后来才知道,每到一处，呆子必然挤地头看下棋。看上一盘，必然把输家挤开，与赢家杀一盘。初时大家看他其貌不扬，不与他下。他执意要杀，于是就杀。几步下来，对方出了小汗，嘴却不软。呆子也不说话，只是出手极快，像是连想都不想。待到对方终于闭了嘴，连一圈儿观棋的人也要慢慢思索棋路而不再支招儿的时候，与呆子同行的人就开始摸包儿。大家正看得紧张，哪里想到钱包已经易主！待三盘下来，众人都摸头。这时呆子倒成了棋主，连问可有谁还要杀？有那不服的，就坐下来杀，最后仍是无一盘得利。后来常常是众人齐做一方，七嘴八舌与呆子对手。呆子也不忙，反倒促众人快走，因为师傅多了，常为一步棋如何走自家争吵起来。就这样，在一处呆子可以连杀上一天，后来有那观棋的人发觉钱包丢了，闹嚷起来。慢慢有几个有心计的人暗中观察，看见有人掏包，也不响，之后见那人晚上来邀呆子走，就发一声喊，将扒手与呆子一齐绑了，由造反队审。呆子糊糊涂涂，只说别人常给他钱，大约是可怜他，也不知钱如何来，自己只是喜欢下棋。审主看他呆相，就命人押了回来，一时各校传为逸事。后来听说呆子认为外省马路棋手高手不多，不能长进，就托人找城里名手邀战。有个同学就带他去见自己的父亲，据说是国内名手。名手见了呆子，也不多说，只摆一副据传是宋时留下的残局，要呆子走。呆子看了半晌，一五一十道来，替古人赢了。名手很惊奇，要收呆子为徒。不料呆子却问："这残局你可走通了？"名手没反应过来，就说："还未通。"呆子说："那我为什么要做你的徒弟？"名手只好请呆子开路，事后对自己的儿子说："你这个同学桀骜不驯，棋品连着人品，照这样下去，棋品必劣。"又举了一些最新指示，说若能好好学习，棋锋必健。后来呆子认识了一个捡烂纸的老头儿，被老头儿连杀三天而仅赢一盘。呆子就执意要替老头儿去撕大字报，不要老头儿劳动。不料有一天撕了某造反团刚贴的"檄文"，被人拿获，又被这造反团栽诬于对立派，说对方"施阴谋，弄诡计"，必讨之，而且是可忍孰不可忍！对立派又阴使人偷出呆子，用了呆子的名义，对先前的造反团反戈一击。一时呆子的大名"王一生"贴得满街都是，许多外省来取经的革命战士许久才明白王一生原来是个棋呆子，就有人请了去外省会一些江湖名手。交手之后，各有胜负，不过呆子的棋据说是越下越精了。只可惜全国忙于革命，否则呆子不知会有什么造就。

这时，我旁边的人也明白对手是王一生，连说不下了。王一生便很沮丧。我说："你妹妹来送你，你也不知道和家里人说说话儿，倒拉着我下棋！"王一生看着我说："你哪儿知道我们这些人是怎么回事儿！你们这些人好日子过惯了，世上不明白的事儿多着呢！你家父母大约是舍不得你走了？"我怔了怔，看着手说："哪儿来父母，都死球了。"我的同学就添油加醋地叙了我一番，我有些不耐烦，说："我家死人，你倒有了故事了。"王一生想了想，对我说："那你这两年靠什么活着？"我说："混一天算一天。"王一生就看定了我问："怎么混？"我不答。待了一会儿，王一生叹一声，说："混可不易。一天不吃饭，棋路都乱。不管怎么说，你父母在时，你家日子还好过。"我不服气，说："你父母在，当然要说风凉话。"我的同学见话不投机，就岔开说："呆子，这里没有你的对手，走，和我们打牌去吧。"呆子笑一笑，说："牌算什么，瞄瞄着也能赢你们。"我旁边儿的人说："据说你下棋可以不吃饭？"我说："人一迷上什么，吃饭倒是不重要的事。大约能干出什么事儿的人，总免不了有这种傻事。"王一生想一想，又摇摇头，说："我可不是这样。"说完就去看窗外。

一路下去，慢慢我发觉我和王一生之间，既开始有互相的信任和基于经验的同情，又有各自的疑问。他总是问我与他认识之前是怎么生活的，尤其是父母死后的两年是怎么混的。我大略地告诉了他，可他又特别在一些细节上详细地打听，主要是关于吃。例如讲到有一次我一天没有吃到东西，他就问："一点儿也没吃到吗？"我说："一点儿也没有。"他又问："那你后来吃到东西是在什么时候？"我说："后来碰到一个同学，他要用书包装很多东西，就把书包翻倒过来腾干净，里面有一个干馒头，掉在桌上就碎了。我一边儿和他说话，一边儿就把这些碎馒头吃下去。不过，说老实话，干烧饼比干馒头解饱得多，而且顶时候儿。"他同意我关于干烧饼的见解，可马上又问："我是说，你吃到这个干馒头的时候是几点？过了当天夜里十二点吗？"我说："噢，不。是晚上十点吧。"他又问："那第二天你吃了什么？"讲老实话，我不太愿意复述这些事情，尤其是细节。我说："当天晚上我睡在那个同学家。第二天早上，同学买了两个油饼，我吃了一个。上午我随他去跑一些事，中午他请我在街上吃。晚上嘛，我不好意思再在他那儿吃，可另一个同学来了，知道我没什么着落，硬拉了我去他家，当然吃得还可以。怎么样？还有什么不清楚？"他笑了，说："你才不是你刚才说的什么'一天没吃东西'，你十二点以前吃了一个馒头，没有超过二十四小时。更何况第二天你的伙食水平不低，平均下来，你两天的热量还是可以的。"我说："你恐怕还是有些呆！要知道，人吃饭，不但是肚子的需要，而且是一种精神需要。不知道下一顿在什么地方，人就特别想到吃，而且，饿得快。"他说："你家道尚好的时候，有这种精神压力吗？有，也只不过是想好上再好，那是馋。馋是你们这些人的特点。"我承认他说得有些道理，禁不住问他："你总在说你们、你们，可你算什么人？"他迅速看着其他地方，只是不看我，说："我当然不同了。我主要是对吃要求得比较实在。唉，不说这些了，你真的不喜欢下棋？何以解忧？唯有象棋。"我瞧着他说："你有什么忧？"他仍然不看我，"没有什么忧，没有。'忧'这玩意儿，是他妈文人的作料儿。我们这种人，没有什么忧，顶多有些不痛快。何以解不痛快？唯有象棋。"

我看他对吃很感兴趣，就注意他吃的时候。列车上给我们这几节知青车厢送饭时，他若心思不在下棋上，就稍稍有些不安。听见前面大家拿吃的时铝盒的碰撞声，他常常闭上眼，嘴巴紧紧收着，倒好像有些恶心。拿到饭后，马上就开始吃，吃得很快，喉结一缩一缩的，脸上绷满了筋。常常突然停下来，很小心地将嘴边或下巴上的饭粒儿和汤水油花儿用整个儿食指抹进嘴里。若饭粒儿落在衣服上，就马上一按，拈进嘴里。若一个没按住，饭粒儿由衣服上掉下地，他也立刻双脚不再移动，转了上身找。这时候他若碰上我的目光，就放慢速度。吃完以后，他把两只筷子舔了，拿水把饭盒充满，先将上面一层油花吸净，然后就带着安全抵岸的神色小口小口地呷。有一次，他在下棋，左手轻轻地叩茶几。一粒干缩了的饭粒儿也轻轻跳着。他一下注意到了，就迅速将那个干饭粒儿放进嘴里，腮上立刻显出筋络。我知道这种干饭粒儿很容易嵌到槽牙里，巴在那儿，舌头是赶它不出的。果然，待了一会儿，他就伸手到嘴里去抠。终于嚼完和着一大股口水，"咕"地一声儿咽下去，喉结慢慢移下来，眼睛里有了泪花。他对吃是虔诚的，而且很精细。有时你会可怜那些饭被他吃得一个渣儿都不剩，真有点儿惨无人道。我在火车上一直看他下棋，发现他同样是精细的，但就有气度得多。他常常在我们还根本看不出已是败局时就开始重码棋子，说："再来一盘吧。"有的人不服输，非要下完，总觉得被他那样暗示死刑存些侥幸，他也奉陪，用四五步棋逼死对方，说："非要听'将'，有瘾？"

我每看到他吃饭，就回想起杰克·伦敦的《热爱生命》，终于在一次饭后他小口呷汤时讲了这个故事，我因为有过饥饿的经验，所以特别渲染了故事中的饥饿感觉。他不再喝汤，只是把饭盒端在嘴边儿，一动不动地听我讲。我讲完了，他呆了许久，凝视着饭盒里的水，轻轻吸了一口，才很严肃地看着我说："这个人是对的。他当然要把饼干藏在褥子底下。照你讲，他是对失去食物发生精神上的恐惧，是精神病？不，他有道理，太有道理了。写书的人怎么可以这么理解这个人呢？杰……杰什么？嗯，杰克·伦敦，这个小子他妈真是饱汉子不知饿汉子饥。"我马上指出杰克·伦敦是一个如何如何的人。他说："是呀，不管怎么样，像你说的，杰克·伦敦后来出了名，肯定不愁吃的，他当然会叼着根烟，写些嘲笑饥饿的故事。"我说："杰克·伦敦丝毫也没有嘲笑饥饿,他是……"他不耐烦地打断我说:"怎么不是嘲笑?把一个特别清楚饥饿是怎么回事儿的人写成发了神经,我不喜欢。"我只好苦笑,不再说什么。可是一没人和他下棋了,他就又问我:"嗯?再讲个吃的故事?其实杰克·伦敦那个故事挺好。"我有些不高兴地说:"那根本不是个吃的故事,那是一个讲生命的故事。你不愧为棋呆子。"大约是我脸上有种表情,他于是不知怎么办才好。我心里有一种东西升上来,我还是喜欢他的,就说:"好吧,巴尔扎克的《邦斯舅舅》听过吗?"他摇摇头。我就又好好儿描述一下邦斯这个老饕。不料他听完,马上就说:"这个故事不好,这是一个馋的故事,不是吃的故事。邦斯这个老头儿若只是吃而不馋,不会死。我不喜欢这个故事。"他马上意识到这最后一句话,就急忙说:"倒也不是不喜欢。不过洋人总和咱们不一样,隔着一层。我给你讲个故事吧。"我马上感了兴趣:棋呆子居然也有故事!他把身体靠得舒服一些,说:"从前哪,"笑了笑,又说:"老是他妈从前,可这个故事是我们院儿的五奶奶讲的。嗯——老辈子的时候,有这么一家子,吃喝不愁。粮食一囤一囤的,顿顿想吃多少吃多少,嘿,可美气了。

后来呢，娶了个儿媳妇。那真能干，就没说把饭做煳过，不干不稀，特解饱。可这媳妇，每做一顿饭，必抓出一把米藏好……"听到这儿，我忍不住插嘴："老掉牙的故事了，还不是后来遇了荒年，大家没饭吃，媳妇把每日攒下的米拿出来，不但自家有了，还分给穷人？"他很惊奇地坐直了，看着我说："你知道这个故事？可那米没有分给别人，五奶奶没有说分给别人。"我笑了，说："这是教育小孩儿要节约的故事，你还拿来有滋有味儿地讲，你真是呆子，还不是一个吃的故事。"他摇摇头，说："这太是吃的故事了，首先得有饭，才能吃，这家子有一囤一囤的粮食。可光穷吃不行，得记着断顿儿的时候，每顿都要欠一点儿。老话儿说'半饥半饱日子长'嘛。"我想笑但没笑出来，似乎明白了一些什么。为了打消这种异样的感触，就说："呆子，我跟你下棋吧。"他一下高兴起来，紧一紧手脸，啪啪啪就把棋码好，说："对，说什么吃的故事，还是下棋。下棋最好，何以解不痛快？唯有下象棋。啊？哈哈哈，你先走。"我又是当头炮，他随后把马跳好。我随便动了一个子儿，他很快地把兵移前一格儿。我并不真心下棋，心想他念到中学，大约是读过不少书的，就问：

"你读过曹操的《短歌行》？"他说："什么《短歌行》？"我说："那你怎么知道'何以解忧，唯有杜康'？"他愣了，问："杜康是什么？"我说："杜康是一个造酒的人，后来也就代表酒，你把杜康换成象棋，倒也风趣。"他摆了一下头，说："啊，不是。这句话是一个老头儿说的，我每回和他下棋，他总说这句。"我想起了传闻中的捡烂纸的老头儿，就问："是捡烂纸的老头儿吗？"他看了我一眼，说："不是。不过，捡烂纸的老头儿棋下得好，我在他那儿学到不少东西。"我很感兴趣地问："这老头儿是个什么人？怎么下得一手好棋还捡烂纸？"他很轻地笑了一下，说："下棋不当饭。老头儿要吃饭，还得捡烂纸。可不知他以前是什么人。有一回，我抄的几张棋谱不知怎么找不到了，以为当垃圾倒出去了，就到垃圾站去翻。正翻着，这个老头推着筐过来了，指着我说：'你个大小伙子，怎么抢我的买卖？'我说不是，是找丢了的东西，他问什么东西，我没搭理他。可他问个不停，'钱？存折儿？结婚帖子？'我只好说是棋谱，正说着，就找着了。他说叫他看看。他在路灯底下挺快就看完了，说'这棋没根哪'。我说这是以前市里的象棋比赛。可他说，'哪儿的比赛也没用，你瞧这，这叫棋路？狗脑子。'我心想怕是遇上异人了，就问他当怎么走，老头儿哗哗说了一通谱儿，我一听，真的不凡，就提出要跟他下一盘。老头让我先说。我们俩就在垃圾站下盲棋，我是连输五盘。老头儿棋路猛，听头几步，没什么，可着子真阴真狠，打闪一般，网得开，收得又紧又快。后来我们见天儿在垃圾站下盲棋，每天回去我就琢磨他的棋路，以后居然跟他平过一盘，还赢过一盘，其实赢的那盘我们一共才走了十几步。老头儿用铅丝扒子敲了半天地面，叹一声，'你赢了。'我高兴了，直说要到他那儿去看看。老头儿白了我一眼，说，'撑的？！'告诉我明天晚上再在这儿等他。第二天我去了，见他推着筐远远来了。到了跟前，从筐里取出一个小布包，递到我手上，说这也是谱儿，让我拿回去，看瞧得懂不。又说哪天有走不动的棋，让我到这儿来说给他听听，兴许他就走动了。我赶紧回到家里，打开一看，还真他妈不懂。这是本异书，也不知是哪朝哪代的，手抄，边边角角儿，补了又补。上面写的东西，不像是说象棋，好像是说另外的什么事儿。我第二天又去找老头儿，说我看不懂，他哈哈一笑，说他先给我说一段儿，提个醒儿。他一开说，把我吓了一跳。原来开宗明义，是讲男女的事儿，我说这是'四旧'。老头儿叹了，说什么是旧？我这每天捡烂纸是不是在捡旧？可我回去把它们分门别类，卖了钱，养活自己，不是新？又说咱们中国道家讲阴阳，这开篇是借男女讲阴阳之气。阴阳之气相游相交，初不可太盛，太盛则折。折就是'折断'的'折'。"我点点头。"'太盛则折，太弱则泻。'老头儿说我的毛病是太盛。又说，若对手盛，则以柔化之。可要在化的同时，造成克势。柔不是弱，是容，是收，是含。含而化之，让对手入你的势。这势要你造，需无为而无不为。无为即是道，也就是棋运之大不可变，你想变，就不是象棋，输不用说了，连棋边儿都沾不上。棋运不可悖，但每局的势要自己造。棋运和势既有，那可就无所不为了。玄是真玄，可细琢磨，是那么个理儿。我说，这么讲是真提气，可这下棋，千变万化，怎么才能准赢呢？老头儿说这就是造势的学问了。造势妙在契机。谁也不走子儿，这棋没法儿下。可只要对方一动，势就可入，就可导。高手你入他很难，这就要损。损他一个子儿，损自己一个子儿，先导开，或找眼钉下，止住他的入势，铺排下自己的入势。这时你万不可死损，势式要相机而变。势式有相因之气，势套势，小势导开，大势含而化之，根连根，别人就奈何不得。老头儿说我只有套，势不太明。套可以算出百步之远，但无势，不成气候。又说我脑子好，有琢磨劲儿，后来输我的那一盘，就是大势已破，再下，就是玩了。老头儿说他日子不多了，无儿无女，遇见我，就传给我吧。我说你老人家棋道这么好，怎么还干这种营生呢？老头儿叹了一口气，说这棋是祖上传下来的，但有训——'为棋不为生'，为棋是养性，生会坏性，所以生不可太盛。又说他从小没学过什么谋生本事，现在想来，倒是训坏了他。"我似乎听明白了一些棋道，可很奇怪。就问："棋道与生道难道有什么不同么？"王一生说："我也是这么说，而且魔怔起来，问他天下大势。老头儿说，棋就是这么几个子儿，棋盘就这么大，无非是道同势不同，可这子儿你全能看在眼底。天下的事，不知道的太多。这每天的大字报，张张都新鲜，虽看出点道儿，可不能究底。子儿不全摆上，这棋就没法儿下。"

我就又问那本棋谱。王一生很沮丧地说："我每天带在身上，反复地看。后来你知道，我撕大字报被造反团捉住，书就被他们搜了去，说是'四旧'，给毁了,而且是当着我的面儿毁的。好在书已在我的脑子里,不怕他们。"我就又和王一生感叹了许久。

火车终于到了。所有的知识青年都又被用卡车运到农场。在总场,各分场的人上来领我们。我找到王一生,说:"呆子,要分手了,别忘了交情,有事儿没事儿,互相走动。"他说当然。

二

这个农场在大山林里，活计就是砍树，烧山，挖坑，再栽树。不栽树的时候，就种点儿粮食。交通不便，运输不够，常常就买不到煤油点灯。晚上黑灯瞎火，大家凑在一起臭聊，天南地北。又因为常割资本主义尾巴，生活就清苦得很，常常一个月每人只有五钱油，吃饭钟一敲，大家就疾跑如飞。大锅菜是先煮后搁油，油又少，只在汤上浮几个大花儿。落在后边，常常就只能吃清水南瓜或清水茄子。米倒是不缺，国家供应商品粮，每人每月四十二斤。可没油水，挖山又不是轻活，肚子就越吃越大。我倒是没什么，毕竟强似讨吃。每月又有二十几元工薪，家里没有人惦记着，又没有找女朋友，就买了烟学抽，不料越抽越凶。

山上活儿紧时，常常累翻，就想：呆子不知怎么干？那么精瘦的一个人。晚上大家闲聊，多是精神会餐。我又想，呆子的吃相可能更恶了。我父亲在时，炒得一手好菜，母亲都比不上他。星期天常邀了同事，专事品尝，我自然精于此道，因此聊起来，常常是主角，说得大家个个儿腮胀，常常发一声喊，将我按倒在地上，说像我这样儿的人实在是祸害，不如宰了炒吃。下雨时节，大家都慌忙上山去挖笋，又到沟里捉田鸡，无奈没有油，常常吃得胃酸。山上总要放火，野兽们都惊走了，极难打到。即使打到，野物们走惯了，没膘，熬不得油。尺把长的老鼠也捉来吃，因鼠是吃粮的，大家说鼠肉就是人肉，也算吃人吧。我又常想，呆子难道不馋？好上加好，固然是馋，其实饿时更馋。不馋，吃的本能不能发挥，也不得寄托。又想，呆子不知还下不下棋。我们分场与他们分场隔着近百里，来去一趟不容易，也就见不着。

转眼到了夏季，有一天，我正在山上干活儿，远远望见山下小路上有一个人。大家觉得影儿生，就议论是什么人。有人说是小毛的男的吧。小毛是队里一个女知青，新近在外场找了一个朋友，可谁也没见过。大家就议论这个人可能是来找小毛，于是满山喊小毛，说她的汉子来了。小毛丢了锄，跌跌撞撞跑过来，伸了脖子看。还没待小毛看好，我却认出来人是王一生——棋呆子。于是大叫，别人倒吓了一跳，都问："找你的？"我很得意。我们这个队有四个省市的知青，与我同来的不多，自然他们不认识王一生。我这时正代理一个管三四个人的小组长，于是对大家说："散了，不干了。大家也别回去，帮我看看山上可有什么吃的弄点儿。到钟点儿再下山，拿到我那儿去烧。你们打了饭，都过来一起吃。"大家于是就钻进乱草里去寻了。

　　我跳着跑下山，王一生已经站住，一脸高兴的样子，远远地问："你怎么知道是我？"我到了他跟前说："远远就看你呆头呆脑，还真是你。你怎么老也不来看我？"他跟我并排走着，说："你也老不来看我呀！"我见他背上的汗浸出衣衫，头发已是一绺一绺的，一脸的灰土，只有眼睛和牙齿放光，嘴上也是一层土，干得起皱，就说："你怎么摸来的？"他说："搭一段儿车，走一段儿路，出来半个月了。"我吓了一跳，问："不到百里，怎么走这么多天？"他说："回去细说。"

说话间已经到了沟底队里，场上几口猪跑来跑去，个个儿瘦得赛狗。还不到下班时间，冷冷清清的，只有队上伙房隐隐传来丁丁当当的声音。

到了我的宿舍，就直进去。这里并不锁门，都没有多余的东西可拿，不必防谁。我放了盆，叫他等着，就提桶打热水来给他洗。到了伙房，与炊事员讲，我这个月的五钱油全数领出来，以后就领生菜，不再打熟菜。炊事员问："来客了？"我说："可不！"炊事员就打开锁了的柜子，舀一小匙油找了个碗盛给我，又拿了三只长茄子，说："明天还来打菜吧，从后天算起，方便。"我从锅里舀了热水，提回宿舍。

王一生把衣裳脱了，只剩一条裤衩，呼噜呼噜地洗。洗完后，将脏衣服按在水里泡着，然后一件一件搓，洗好涮好，拧干晾在门口绳上。我说："你还挺麻利的。"他说："从小自己干，惯了。几件衣服，也不费事。"说着就在床上坐下，弯过手臂，去挠后背，肋骨一根根动着。我拿出烟来请他抽。他很老练地敲出一支，舔了一头儿，倒过来叼着。我先给他点了，自己也点上。他支起肩深吸进去，慢慢地吐出来，浑身荡一下，笑了，说："真不错。"我说："怎么样？也抽上了？日子过得不错呀。"他看看草顶，又看看在门口转来转去的猪，低下头，轻轻拍着净是绿筋的瘦腿，半晌才说："不错，真的不错。还说什么呢？粮？钱？还要什么呢？不错，真不错。你怎么样？"他透过烟雾问我。我也感叹了，说："钱是不少，粮也多，没错儿，可没油哇。大锅菜吃得胃酸。主要是没什么玩儿的，没书，没电，没电影儿。去哪儿也不容易，老在这个沟儿里转，闷得无聊。"他看看我，摇一下头，说："你们这些人哪！没法儿说，想的净是锦上添花。我挺知足，还要什么呢？你呀，你就是叫书害了。你在车上给我讲的两个故事，我琢磨了，后来挺喜欢的。你不错，读了不少书。可是，归到底，解决什么呢？是呀，一个人拼命想活着，最后都神经了，后来好了，活下来了，可接着怎么活呢？像邦斯那样？有吃，有喝，好收藏个什么，可有个馋的毛病，人家不请吃就活得不痛快。人要知足，顿顿饱就是福。"他不说了，看着自己的脚趾动来动去，又用后脚跟去擦另一只脚的背，吐出一口烟，用手在腿上掸了掸。

我很后悔用油来表示我对生活的不满意，还用书和电影儿这种可有可无的东西表示我对生活的不满足，因为这些在他看来，实在是超出基准线之上的东西，他不会为这些烦闷。我突然觉得很泄气，有些同意他的说法。是呀，还要什么呢？我不是也感到挺好了吗？不用吃了上顿惦记着下顿，床不管怎么烂，也还是自己的，不用蹿来蹿去找刷夜的地方。可我常常烦闷的是什么呢？为什么就那么想看看随便什么一本书呢？电影儿这种东西，灯一亮就全醒过来了，图个什么呢？可我隐隐有一种欲望在心里，说不清楚，但我大致觉出是关于活着的什么东西。

我问他："你还下棋吗？"他就像走棋那么快地说："当然，还用说？"我说："是呀，你觉得一切都好，干嘛还要下棋呢？下棋不多余吗？"他把烟卷儿停在半空，摸了一下脸，说："我迷象棋。一下棋，就什么都忘了。待在棋里舒服。就是没有棋盘、棋子儿，我在心里就能下，碍谁的事儿啦？"我说："假如有一天不让你下棋，也不许你想走棋的事儿，你觉得怎么样？"他挺奇怪地看着我说："不可能，那怎么可能？我能在心里下呀！还能把我脑子挖了？你净说些不可能的事儿。"我叹了一口气，说："下棋这事儿看来是不错。看了一本儿书，你不能老在脑子里过篇儿，老想看看新的。可棋不一样了,自己能变着花样儿玩。"他笑着对我说:"怎么样,学棋吧?咱们现在吃喝不愁了,顶多是照你说的,不够好,又活不出个大意思来。书你哪儿找去?下棋吧,有忧下棋解。"我想了想,说:"我实在对棋不感兴趣。我们队倒有个人,据说下得不错。"他把烟屁股使劲儿扔出门外,眼睛又放出光来:"真的?有下棋的?嘿,我真还来对了。他在哪儿?"我说:"还没下班呢。看你急的,你不是来看我的吗?"他双手抱着脖子仰在我的被子上,看着自己松松的肚皮,说:"我这半年,就找不到下棋的。后来想,天下异人多得很,这野林子里我就不信找不到个下棋下得好的。现在我请了事假,一路找人下棋,就找到你这儿来了。"我说:"你不挣钱了?怎么活着呢?"他说:"你不知道,我妹妹在城里分了工矿,挣钱啦,我也就不用给家寄那么多钱了。我就想,趁这工夫儿,会会棋手。怎么样?你一会儿把你说的那人找来下一盘?"我说当然,心里一动,就又问他:"你家里到底是怎么个情况呢?"他叹了一口气,望着屋顶,很久才说:"穷。困难啊!我们家三口儿人,母亲死了,只有父亲、妹妹和我。我父亲嘛,挣得少,按平均生活费的说法儿,我们一人才不到十块。我母亲死后，父亲就喝酒，而且越喝越多，手里有俩钱儿就喝，就骂人。邻居劝，他不是不听，就是一把鼻涕一把泪，弄得人家也挺难过。我有一回跟我父亲说，'你不喝就不行？有什么好处呢？'他说，'你不知道酒是什么玩意儿，它是老爷们儿的觉啊！咱们这日子挺不易，你妈去了，你们又小。我烦哪，我没文化，这把年纪，一辈子这点子钱算是到头儿了。你妈死的时候，嘱咐了，怎么着也要供你念完初中再挣钱。你们让我喝口酒，啊？对老人有什么过不去的，下辈子算吧。'"他看了看我，又说："不瞒你说，我母亲解放前是窑子里的。后来大概是有人看上了，做了人家的小，也算从良。有烟吗？"我扔过一根烟给他，他点上了，把烟头儿吹得红红的，两眼不错眼珠儿地盯着，许久才说："后来，我妈又跟人跑了。据说买她的那家欺负她，当老妈子不说，还打。后来跟的这个是什么人，我不知道，我只知道我是我妈跟这个人生的，刚一解放，我妈跟的那个人就不见了。当时我妈怀着我，吃穿无着，就跟了我现在这个父亲。我这个后爹是卖力气的，可临到解放的时候儿，身子骨儿不行了，又没文化，钱就挣得少。和我妈过了以后，原指着相帮着好一点儿，可没想到添了我妹妹后,我妈一天不如一天。那时候我才上小学,脑筋好,老师都喜欢我。可学校春游、看电影我都不去,给家里省一点儿是一点儿。我妈怕委屈了我,拖累着个身子,到处找活。有一回,我和我母亲给印刷厂叠书页子,是一本讲象棋的书。叠好了,我妈还没送去,我就一篇一篇对着看。不承想,就看出点儿意思来。于是有空儿就到街上看人家下棋。看了有些日子,就手痒痒,没敢跟家里要钱,自己用硬纸剪了一副棋,拿到学校去下。下着下着就熟了。于是又到街上和别人下。原先我看人家下得挺好,可我这一跟他们真下,还就赢了。一家伙就下了一晚上,饭也没吃。我妈找了来,把我打回去。唉,我妈身子弱,都打不疼我。到了家,她竟给我跪下了,说,'小祖宗,我就指望你了!你若不好好儿念书,妈就死在这儿。'我一听这话吓坏了,忙说,'妈,我没不好好儿念书。您起来,我不下棋了。'我把我妈扶起来坐着。那天晚上,我跟我妈叠页子,叠着叠着,就走了神儿,想着一路棋。我妈叹一口气说,'你也是,看不上电影儿,也不去公园,就玩儿这么个棋。唉,下吧。可妈的话你得记着,不许玩儿疯了。功课要是落下了,我不饶你。我和你爹都不识字儿,可我们会问老师。老师若说你功课跟不上，你再说什么也不行。'我答应了。我怎么会把功课落下呢？学校的算术，我跟玩儿似的。这以后，我放了学，先做功课，完了就下棋，吃完饭，就帮我妈干活儿，一直到睡觉。因为叠页子不用动脑筋，所以就在脑子里走棋，有的时候，魔怔了，会突然一拍书页，喊棋步，把家里人都吓一跳。"我说："怨不得你棋下得这么好，小时候棋就都在你脑子里呢！"他苦笑笑说："是呀，后来老师就让我去少年宫象棋组，说好好儿学，将来能拿大冠军呢！可我妈说，'咱们不去什么象棋组，要学，就学有用的本事。下棋下得好，还当饭吃了？有那点儿工夫,在学校多学点儿东西比什么不好？你跟你们老师说，不去象棋组，要是你们老师还有没教你的本事，你就跟老师说，你教了我，将来有大用呢。啊？专学下棋？这以前都是有钱人干的！妈以前见过这种人，那都有身份，他们不指着下棋吃饭。妈以前待过的地方，也有女的会下棋，可要的钱也多。唉，你不知道，你不懂。下下玩儿可以，别专学，啊？'我跟老师说了，老师想了想，没说什么。后来老师买了一副棋送我，我拿给妈看，妈说，'唉，这是善心人哪！可你记住，先说吃，再说下棋。等你挣了钱,养活家了,爱怎么下就怎么下,随你。'"我感叹了,说:"这下儿好了,你挣钱了,你就能撒着欢儿地下了,你妈也就放心了。"王一生把脚搬上床,盘了坐,两只手互相捏着腕子,看着地下说:"我妈看不见我挣钱了。家里供我念到初一,我妈就死了。死之前,特别跟我说,'这一条街都说你棋下得好,妈信,可妈在棋上疼不了你。你在棋上怎么出息,到底不是饭碗。妈不能看你念完初中,跟你爹说了,怎么着困难,也要念完。高中,妈打听了,那是为上大学,咱们家用不着上大学,你爹也不行了,你妹妹还小,等你初中念完了就挣钱,家里就靠你了。妈要走了,一辈子也没给你留下什么,只捡人家的牙刷把,给你磨了一副棋。'说着,就叫我从枕头底下拿出一个小布包来,打开一看,都是一小点儿大的子儿,磨得是光了又光,赛象牙,可上头没字儿。妈说,'我不识字,怕刻不对。你拿了去,自己刻吧,也算妈疼你好下棋。'我们家多困难,我没哭过,哭管什么呢?可看着这副没字儿的棋,我绷不住了。"

我鼻子有些酸,就低了眼,叹道:"唉,当母亲的。"王一生不再说话,只是抽烟。

山上的人下来了，打到两条蛇。大家见了王一生，都很客气，问是几分场的，那边儿伙食怎么样。王一生答了，就过去摸一摸晾着的衣裤，还没有干。我让他先穿我的，他说吃饭要出汗，先光着吧。大家见他很随和，也就随便聊起来。我自然将王一生的棋道吹了一番，以示来者不凡。大家就都说让队里的高手"脚卵"来与王一生下。一个人跑去喊，不一刻，脚卵来了。脚卵是南方大城市的知识青年，个子非常高，又非常瘦。动作起来颇有些文气，衣服总要穿得整整齐齐，有时候走在山间小路上，看到这样一个高个儿纤尘不染，衣冠楚楚，真令人生疑。脚卵弯腰进来，很远就伸出手来要握，王一生糊涂了一下，马上明白了，也伸出手去，脸却红了。握过手，脚卵把双手捏在一起端在肚子前面，说："我叫倪斌，人儿倪，文武斌。因为腿长，大家叫我脚卵。卵是很粗俗的话，请不要介意，这里的人文化水平是很低的。贵姓？"王一生比倪斌矮下去两个头，就仰着头说："我姓王，叫王一生。"倪斌说："王一生？蛮好，蛮好，名字蛮好的。一生是哪两个字？"王一生一直仰着脖子，说："一二三的一，生活的生。"倪斌说："蛮好，蛮好。"就把长臂曲着往外一摆，说：

"请坐。听说你钻研象棋？蛮好，蛮好，象棋是很高级的文化。我父亲是下得很好的，有些名气，喏，他们都知道的。我会走一点点，很爱好，不过在这里没有对手。你请坐。"王一生坐回床上，很尴尬地笑着，不知说什么好。倪斌并不坐下，只把手虚放在胸前，微微向前侧了一下身子，说："对不起，我刚刚下班，还没有梳洗，你候一下好了，我马上就来。噢，问一下，乃父也是棋道里的人么？"王一生很快地摇头，刚要说什么，但只是喘了一口气。倪斌说："蛮好，蛮好。好，一会儿我再来。"我说："脚卵洗了澡，来吃蛇肉。"倪斌一边退出去，一边说："不必了，不必了。好的，好的。"大家笑起来，向外嚷："你到底来是不来？什么'不必了，好的'！"倪斌在门外说："蛇肉当然是要吃的，一会儿下棋是要动脑筋的。"

大家笑着脚卵，关了门，三四个人精着屁股，上上下下地洗，互相开着身体的玩笑。王一生不知在想什么，坐在床里边，让开擦身的人。我一边将蛇头撕下来，一边对王一生说："别理脚卵，他就是这么神神道道的一个人。"有一个人对我说："你的这个朋友要是真有两下子，今天有一场好杀。脚卵的父亲在我们市里，真是很有名气哩。"另外的人说："爹是爹，儿是儿，棋还遗传了？"王一生说："家传的棋，有厉害的。几代沉下的棋路，不可小看。一会儿下起来看吧。"说着就紧一紧手脸。我把蛇挂起来，将皮剥下，不洗，放在案板上，用竹刀把肉划开，并不切断，盘在一个大碗内，放进一个大锅里，锅底蓄上水，叫："洗完了没有？我可开门了！"大家慌忙穿上短裤。我到外边地上摆三块土坯，中间架起柴引着，就将锅放在土坯上，把猪吆喝远了，说："谁来看着？别叫猪拱了。开锅后十分钟端下来。"就进屋收拾茄子。

有人把脸盆洗干净，到伙房打了四五斤饭和一小盆清水茄子，捎回来一棵葱和两瓣野蒜、一小块姜，我说还缺盐，就又有人跑去拿来一块，捣碎在纸上放着。

脚卵远远地来了，手里抓着一个黑木盒子。我问："脚卵，可有酱油膏？"脚卵迟疑了一下，返身回去。我又大叫："有醋精拿点儿来！"

蛇肉到了时间，端进屋里，掀开锅，一大团蒸汽冒出来，大家并不缩头，慢慢看清了，都叫一声好。两大条蛇肉亮晶晶地盘在碗里，粉粉地冒鲜气。我"嗖"地一下将碗端出来，吹吹手指，说："开始准备胃液吧！"

王一生也挤过来看，问："整着怎么吃？"我说："蛇肉碰不得铁，碰铁就腥，所以不切，用筷子撕着蘸料吃。"我又将切好的茄块儿放进锅里蒸。

脚卵来了，用纸包了一小块儿酱油膏，又用一张小纸包了几颗白色的小粒儿，我问是什么，脚卵说："这是草酸，去污用的，不过可以代替醋。我没有醋精，酱油膏也没有了，就这一点点儿。"我说："凑合了。"脚卵把盒子放在床上，打开，原来是一副棋，乌木做的棋子，暗暗的发亮。字用刀刻出来，笔画很细，却是篆字，用金丝银丝嵌了，古色古香。棋盘是一幅绢，中间亦是篆字：楚河汉界。大家凑过去看，脚卵就很得意，说："这是古董，明朝的，很值钱。我来的时候，我父亲给我的。以前和你们下棋，用不到这么好的棋。今天王一生来嘛，我们好好下。"王一生大约从来没有见过这么精彩的棋具，很小心地摸，又紧一紧手脸。

我将酱油膏和草酸冲好水，把葱末、姜末和蒜末投进去，叫声："吃起来！"大家就乒乒乓乓地盛饭，伸筷撕那蛇肉蘸料，刚入嘴嚼，纷纷嚷鲜。

我问王一生是不是有些像蟹肉，王一生一边儿嚼着，一边儿说："我没吃过螃蟹，不知道。"脚卵伸过头去问："你没吃过螃蟹？怎么会呢？"王一生也不答话，只顾吃。脚卵就放下碗筷，说："年年中秋节，我父亲就约一些名人到家里来，吃螃蟹，下棋，品酒，做诗。都是些很高雅的人，诗做得很好的，还要互相写在扇子上。这些扇子过多少年也是很值钱的。"大家并不理会他，只顾吃。脚卵眼看蛇肉渐少，也急忙捏起筷子来，不再说什么。

不一刻，蛇肉吃完，只剩两副蛇骨在碗里。我又把蒸熟的茄块儿端上来，放少许蒜和盐拌了。再将锅里热水倒掉，续上新水，把蛇骨放进去熬汤。大家喘一口气，接着伸筷，不一刻，茄子也吃净。我便把汤端上来，蛇骨已经煮散，在锅底刷拉刷拉地响。这里屋外常有一二处小丛的野茴香，我就拔来几棵，揪在汤里，立刻屋里异香扑鼻。大家这时饭已吃净，纷纷舀了汤在碗里，热热的小口呷，不似刚才紧张，话也多起来了。

脚卵抹一抹头发，说："蛮好，蛮好的。"就拿出一支烟，先让了王一生，又自己叼了一支，烟包正待放回衣袋里，想了想，便放在小饭桌上，摆一摆手说："今天吃的，都是山珍，海味是吃不到了。我家里常吃海味的,非常讲究。据我父亲讲,我爷爷在时,专雇一个老太婆,整天就是从燕窝里拔脏东西。燕窝这种东西,是海鸟叼来小鱼小虾,用口水粘起来的。所以里面各种脏东西多得很,要很细心地一点一点清理,一天也就能搞清一个,再用小火慢慢地蒸。每天吃一点,对身体非常好。"王一生听呆了,问:"一个人每天就专门是管做燕窝的?好家伙!自己买来鱼虾,熬在一起,不等于燕窝吗?"脚卵微微一笑,说:"要不怎么燕窝贵呢?第一,这燕窝长在海中峭壁上,要舍命去挖。第二,这海鸟的口水是很珍贵的东西,是温补的。因此,舍命,费工时,又是补品;能吃燕窝,也是说明家里有钱和有身份。"大家就说这燕窝一定非常好吃。脚卵又微微一笑,说:"我吃过的,很腥。"大家就感叹了,说费这么多钱,吃一口腥,太划不来。

天黑下来,早升在半空的月亮渐渐亮了。我点起油灯,立刻四壁都是人影子。脚卵就说:"王一生,我们下一盘?"王一生大概还没有从燕窝里醒过来,听见脚卵问,只微微点一点头。脚卵出去了。王一生奇怪了,问:"嗯?"大家笑而不答。一会儿,脚卵又来了,穿得笔挺,身后随来许多人,进屋都看看王一生。脚卵慢慢摆好棋,问:"你先走?"王一生说:"你吧。"大家就上上下下围了看。

走出十多步,王一生有些不安,但也只是暗暗捻一下手指。走过三十几步,王一生很快地说:"重摆吧。"大家奇怪,看看王一生,又看看脚卵,不知是谁赢了。脚卵微微一笑,说:"一赢不算胜。"就伸手抽一颗烟点上。王一生没有表情,默默地把棋重新码好。两人又走。又走到十多步,脚卵半天不动,直到把一根烟吸完,又走了几步,脚卵慢慢地说:"再来一盘。"大家又奇怪是谁赢了,纷纷问。王一生很快地将棋码成一个方堆,看着脚卵问:"走盲棋?"脚卵沉吟了一下,点点头。两人就口述棋步。好几个人摸摸头,摸摸脖子,说下得好没意思,不知道谁是赢家,就有几个人离开走出去,把油灯带得一明一暗。

我觉出有点儿冷,就问王一生:"你不穿点儿衣裳?"王一生没有理我。我感到没有意思,就坐在床里,看大家也是一会儿看看脚卵,一会儿看看王一生,像是瞧从来没见过的两个怪物。油灯下,王一生抱了双膝,锁骨后陷下两个深窝,盯着油灯,时不时拍一下身上的蚊虫。脚卵两条长腿抵在胸口,一只大手将整个儿脸遮了，另一只大手飞快地将指头捏来弄去。说了许久，脚卵放下手，很快地笑一笑，说："我乱了，记不得。"就又摆了棋再下。不久，脚卵抬起头，看着王一生说："天下是你的。"抽出一支烟给王一生，又说："你的棋是跟谁学的？"王一生也看着脚卵，说："跟天下人。"脚卵说："蛮好，蛮好，你的棋蛮好。"大家看出是谁赢了，都高兴得松动起来，盯着王一生看。

　　脚卵把手搓来搓去，说："我们这里没有会下棋的人，我的棋路生了。今天碰到你，蛮高兴的，我们做个朋友。"王一生说："将来有机会，一定见见你父亲。"脚卵很高兴，说："那好，好极了，有机会一定去见见他。我不过是玩玩棋。"停了一会儿，又说："你参加地区的比赛，没有问题。"王一生问："什么比赛？"脚卵说："咱们地区，要组织一个运动会，其中有棋类。地区管文教的书记我认得，他早年在我们市里，与我父亲认识。我到农场来，我父亲给他带过信，请他照顾。我找过他，他说我不如打篮球。我怎么会打篮球呢？那是很野蛮的运动，要伤身体的。这次运动会，他来信告诉我，让我争取参加农场的棋类队到地区比赛，赢了，调动自然好说。你棋下到这个地步，参加农场队，不成问题。

你回你们场，去报名就可以了。将来总场选拔，肯定会有你。"王一生很高兴，起来把衣裳穿上，显得更瘦，大家又聊了很久。

将近午夜，大家都散去，只剩下宿舍里同住的四个人与王一生、脚卵。脚卵站起来，说："我去拿些东西来吃。"大家都很兴奋，等着他。一会儿，脚卵弯腰进来，把东西放在床上，摆出六颗巧克力，半袋麦乳精，纸包的一斤精白挂面。巧克力大家都一口咽了，来回舔着嘴唇。麦乳精冲成稀稀的六碗，喝得满屋喉咙响。王一生笑嘻嘻地说："世界上还有这种东西？苦甜苦甜的。"我又把火生起来，开了锅，把面下了，说："可惜没有调料。"脚卵说："我还有酱油膏。"我说："你不是只有一小块儿了吗？"脚卵不好意思地说："咳，今天不容易，王一生来了，我再贡献一些。"就又拿了来。

大家吃了，纷纷点起烟，打着哈欠，说没想到脚卵还有如许存货，藏得倒严实，脚卵急忙申辩这是剩下的全部了。大家吵着要去翻，王一生说："不要闹，人家的是人家的，从来农场存到现在，说明人家会过日子。倪斌，你说，这比赛什么时候开始呢？"脚卵说："起码还有半年。"王一生不再说话。我说："好了，休息吧。

王一生，你和我睡在我的床上。脚卵，明天再聊。"大家就起身收拾床铺，放蚊帐。我和王一生送脚卵到门口，看他高高的个子在青白的月光下远远去了。王一生叹一口气，说："倪斌是个好人。"

　　王一生又待了一天，第三天早上，执意要走。脚卵穿了破衣服，掮着锄来送。两人握了手，倪斌说："后会有期。"大家远远在山坡上招手。我送王一生出了山沟，王一生拦住，说："回去吧。"我嘱咐他，到了别的分场，有什么困难，托人来告诉我，若回来路过，再来玩儿。王一生整了整书包带儿，就急急地顺公路走了，脚下扬起细土，衣裳晃来晃去，裤管儿前后荡着，像是没有屁股。

三

这以后,大家没事儿,常提起王一生,津津有味儿地回忆王一生光膀子大战脚卵。我说了王一生如何如何不容易,脚卵说:"我父亲说过的,'寒门出高士'。据我父亲讲,我们祖上是元朝的倪云林。倪祖很爱干净,开始的时候,家里有钱,当然是讲究的。后来兵荒马乱,家道败了,倪祖就卖了家产,到处走,常在荒村野店投宿,很遇到一些高士。后来与一个会下棋的村野之人相识,学得一手好棋。现在大家只晓得倪云林是元四家里的一个,诗书画绝佳,却不晓得倪云林还会下棋。倪祖后来信佛参禅,将棋炼进禅宗,自成一路。这棋只我们这一宗传下来。王一生赢了我,不晓得他是什么路，总归是高手了。"大家都不知道倪云林是什么人，只听脚卵神吹，将信将疑，可也认定脚卵的棋有些来路，王一生既赢了脚卵，当然更了不起。这里的知青在城里都是平民出身，多是寒苦的，自然更看重王一生。

将近半年，王一生不再露面。只是这里那里传来消息，说有个叫王一生的，外号棋呆子，在某处与某某下棋，赢了某某。大家也很高兴，即使有输的消息，都一致否认，说王一生怎么会输呢？我给王一生所在的分场队里写了信，也不见回音，大家就催我去一趟。我因为这样那样的事，加上农场知青常常斗殴，又输进火药枪互相射击，路途险恶，终于没有去。

一天脚卵在山上对我说，他已经报名参加棋类比赛了，过两天就去总场，问王一生可有消息？我说没有。大家就说王一生肯定会到总场比赛，相约一起请假去总场看看。

过了两天，队里的活儿稀松，大家就纷纷找了各种借口请假到总场，盼着能见着王一生。我也请了假出来。

总场就在地区所在地，大家走了两天才到。这个地区虽是省以下的行政单位，却只有交叉的两条街，沿街有一些商店，货架上不是空的，即是"展品概不出售"。可是大家仍然很兴奋，觉得到了繁华地界，就沿街一个馆子一个馆子地吃，都先只叫净肉，一盘一盘地吞下去，拍拍肚子出来，觉得日光晃眼，竟有些肉醉，就找了一处草地，躺下来抽烟，又纷纷昏睡过去。

醒来后，大家又回到街上细细吃了一些面食，然后到总场去。

一行人高高兴兴到了总场，找到文体干事，问可有一个叫王一生的来报到。干事翻了半天花名册，说没有。大家不信，拿过花名册来七手八脚地找，真的没有，就问干事是不是搞漏掉了。干事说花名册是按各分场报上来的名字编的，都已分好号码，编好组，只等明天开赛。大家你望望我，我望望你，搞不清是怎么回事。我说："找脚卵去。"脚卵在运动员们住下的草棚里，见了他，大家就问。脚卵说："我也奇怪呢。这里乱糟糟的，我的号是棋类，可把我分到球类组来住，让我今晚就参加总场联队训练，说了半天也不行，还说主要靠我进球得分。"大家笑起来，说："管他赛什么，你们的伙食差不了。可王一生没来太可惜了。"

直到比赛开始，也没有见王一生的影子。问了他们分场来的人，都说很久没见王一生了。大家有些慌，又没办法，只好去看脚卵赛篮球。脚卵痛苦不堪，规矩一点儿不懂，球也抓不住，投出去总是三不沾，抢得猛一些，他就抽身出来，瞪着大眼看别人争。文体干事急得抓耳挠腮，大家又笑得前仰后合。每场下来，脚卵总是嚷野蛮，埋怨脏。

赛了两天，决出总场各类运动代表队，到地区参加地区决赛。大家看看王一生还没有影子，就都相约要回去了。脚卵要留在地区文教书记家再待一两天，就送我们走一段。快到街口，忽然有人一指："那不是王一生？"大家顺着方向一看，真是他。王一生在街另一面急急地走来，没有看见我们。我们一齐大叫，他猛地站住，看见我们，就横过街向我们跑来。到了跟前，大家纷纷问他怎么不来参加比赛？王一生很着急的样子，说："这半年我总请事假出来下棋，等我知道报名赶回去，分场说我表现不好，不准我出来参加比赛，连名都没报上。我刚找了由头儿，跑上来看看赛得怎么样。怎么样？赛得怎么样？"大家一迭声儿说早赛完了，现在是参加与各县代表队的比赛，夺地区冠军。王一生愣了半晌，说："也好，夺地区冠军必是各县高手，看看也不赖。"我说："你还没吃东西吧？走，街上随便吃点儿什么去。"脚卵与王一生握过手，也惋惜不已。大家就又拥到一家小馆儿，买了一些饭菜，边吃边叹息。王一生说："我是要看看地区的象棋大赛。你们怎么样？要回去了吗？"大家都说出来的时间太长了，要回去。我说："我再陪你一两天吧。脚卵也在这里。"于是又有两三个人也说留下来再耍一耍。

脚卵就领留下的人去文教书记家，说是看看王一生还有没有参加比赛的可能。走不多久，就到了。只见一扇小铁门紧闭着，进去就有人问找谁，见了脚卵，不再说什么，只让等一下。一会儿叫进了，大家一起走进一幢大房子，只见窗台上摆了一溜儿花草，伺候得很滋润。大大的一面墙上只一幅毛主席诗词的挂轴儿，绫子黄黄的很浅。屋内只摆几把藤椅，茶几上放着几张大报与油印的简报。不一会儿，书记出来，胖胖的，很快地与每个人握手，又叫人把简报收走，就请大家坐下来。大家没见过管着几个县的人的家，头都转来转去地看。书记呆了一下，就问："都是倪斌的同学吗？"大家纷纷回过头看书记，不知该谁回答。脚卵欠一欠身，说："都是我们队上的。这一位就是王一生。"说着用手掌向王一生一倾。书记看着王一生说："噢，你就是王一生？好。这两天，倪斌常提到你。怎么样，选到地区来赛了吗？"王一生正想答话，倪斌马上就说："王一生这次有些事耽误了，没有报上名。现在事情办完了，看看还能不能参加地区比赛。您看呢？"书记用胖手在扶手上轻轻拍了两下，又轻轻用中指很慢地擦着鼻沟儿，说："啊，是这样。不好办。你没有取得县一级的资格，不好办。听说你很有天才，可是没有取得资格去参加比赛，下面要说话的，啊？"王一生低了头，说："我也不是要参加比赛，只是来看看。"书记说："那是可以的，那欢迎。倪斌，你去桌上，左边的那个桌子，上面有一份打印的比赛日程。你拿来看看，象棋类是怎么安排的。"倪斌早一步跨进里屋，马上把材料拿出来，看了一下，说："要赛三天呢！"就递给书记。书记也不看，把它放在茶几上，掸一掸手，说："是啊，几个县嘛。啊？还有什么问题吗？"大家都站起来，说走了。书记与离他近的人很快地握了手，说："倪斌，你晚上来，嗯？"倪斌欠欠身说好的，就和大家一起出来。大家到了街上，舒了一口气，说笑起来。

大家漫无目的地在街上走，讲起来还要在这里待三天，恐怕身上的钱支持不住。王一生说他可以找到睡觉的地方，人多一点恐怕还是有办法，这样就能不去住店，省下不少钱。倪斌不好意思地说他可以住在书记家。于是大家一起随王一生去找住的地方。

原来王一生已经来过几次地区，认识了一个文化馆画画儿的，于是便带了我们投奔这位画家。到了文化馆，一进去，就听见远远有唱的，有拉的，有吹的，便猜是宣传队在演练，只见三四个女的，穿着蓝线衣裤，胸撅得不能再高，一扭一扭地走过来，近了，并不让路，直脖直脸地过去。我们赶紧闪在一边儿，都有点儿脸红。倪斌低低地说："这几位是地区的名角。在小地方，有她们这样的功夫，蛮不容易的。"大家就又回过头去看名角。

画家住在一个小角落里，门口鸡鸭转来转去，沿墙摆了一溜儿各类杂物，草就在杂物中间长出来。门又被许多晒着的衣裤布单遮住。王一生领我们从衣裤中弯腰过去，叫那画家。马上就乒乒乓乓出来一个人，见了王一生，说："来了？都进来吧。"画家只有一间小屋，里面一张小木床，到处是书、杂志、颜色和纸笔。墙上钉满了画的画儿。大家顺序进去，画家就把东西挪来挪去腾地方，大家挤着坐下，不敢再动。画家又迈过大家出去，一会儿提来一个暖瓶，给大家倒水。大家传着各式的缸子、碗，都有了，捧着喝。画家也坐下来，问王一生："参加运动会了吗？"王一生叹着将事情讲了一遍。画家说："只好这样了，要待几天呢？"王一生就说："正是为这事来找你。这些都是我的朋友。你看能不能找个地方，大家挤一挤睡？"画家沉吟半晌，说："你每次来，在我这里挤还凑合。这么多人，嗯——让我看看。"他忽然眼里放出光来，说："文化馆有个礼堂，舞台倒是很大。今天晚上为运动会的人演出，演出之后，你们就在舞台上睡，怎么样？今天我还可以带你们进去看演出。电工与我很熟的，跟他说一声，进去睡没问题。只不过脏一些。"大家都纷纷说再好不过了。脚卵放下心的样子，小心地站起来，说："那好，诸位，我先走一步。"大家要站起来送，却谁也站不起来。脚卵按住大家，连说不必了，一脚就迈出屋外。画家说："好大的个子！是打球的吧？"大家笑起来，讲了脚卵的笑话。画家听了，说："是啊，你们也都够脏的。走，去洗洗澡，我也去。"大家就一个一个顺序出去，还是碰得丁当乱响。

原来这地区所在地，有一条江远远流过。大家走了许久，方才到了。江面不甚宽阔，水却很急，近岸的地方，有一些小洼儿。四处无人，大家脱了衣裤，都很认真地洗，将画家带来的一块肥皂用完。又把衣裤泡了，在石头上抽打，拧干后铺在石头上晒，除了游水的，其余便纷纷趴在岸上晒。画家早就洗完，坐在一边儿，掏出个本子在画。我发觉了，过去站在他身后看。原来他在画我们几个人的裸体速写。经他这一画，我倒发现我们这些每日在山上苦的人，却矫健异常，不禁赞叹起来。大家又围过来看，屁股白白的晃来晃去。画家说："干活儿的人，肌肉线条极有特点，又很分明，虽然各部分发展可能不太平衡，可真的人体，常常是这样，变化万端，我以前在学院画人体，女人体居多，太往标准处靠，男人体也常静在那里，感觉不出肌肉滚动，越画越死。今天真是个难得的机会。"有人说羞处不好看，画家就在纸上用笔把说的人的羞处涂成一个疙瘩，大家就都笑起来。衣裤干了，纷纷穿上。

这时已近傍晚，太阳垂在两山之间，江面上便金子一般滚动，岸边石头也如热铁般红起来。有鸟儿在水面上掠来掠去，叫声传得很远。对岸有人在拖长声音吼山歌，却不见影子，只觉声音慢慢小了。大家都凝了神看。许久，王一生长叹一声，却不说什么。

大家又都往回走，在街上拉了画家一起吃些东西，画家倒好酒量。天黑了，画家领我们到礼堂后台入口，与一个人点头说了，招呼大家悄悄进去，缩在边幕上看。时间到了，幕并不开，说是书记还未来。演员们都化了妆，在后台走来走去，抻一抻手脚，互相取笑着。忽然外面响动起来，我拨了幕布一看，只见书记缓缓进来，在前排坐下，周围空着，后面黑压压一礼堂人。于是开演，演出甚为激烈，尘土四起。演员们在台上泪光闪闪，退下来一过边幕，就喜笑颜开，连说怎么怎么错了。王一生倒很入戏，脸上时阴时晴，嘴一直张着，全没有在棋盘前的镇静。戏一结束，王一生一个人在边幕拍起手来，我连忙止住他，向台下望去，书记不知什么时候已经走了，前两排仍然空着。

大家出来，摸黑拐到画家家里，脚卵已在屋里，见我们来了，就与画家出来和大家在外面站着，画家说："王一生，你可以参加比赛了。"王一生问："怎么回事儿?"脚卵说,晚上他在书记家里,书记跟他叙起家常,说十几年前常去他家,见过不少字画儿,不知运动起来,损失了没有?脚卵说还有一些,书记就不说话了。过了一会儿书记又说,脚卵的调动大约不成问题,到地区文教部门找个位置,跟下面打个招呼,办起来也快,让脚卵写信回家讲一讲。于是又谈起字画古董,说大家现在都不知道这些东西的价值,书记自己倒是常在心里想着。脚卵就说,他写信给家里,看能不能送书记一两幅,既然书记帮了这么大忙,感谢是应该的。又说,自己在队里有一副明朝的乌木棋,极是考究,书记若是还看得上,下次带上来。书记很高兴,连说带上来看看。又说你的朋友王一生,他倒可以和下面的人说一说,一个地区的比赛,不必那么严格,举贤不避私嘛。就挂了电话,电话里回答说,没有问题,请书记放心,叫王一生明天就参加比赛。

大家听了,都很高兴,称赞脚卵路道粗。王一生却没说话。脚卵走后,画家带了大家找到电工,开了礼堂后门,悄悄进去。电工说天凉了,问要不要把幕布放下来垫盖着?大家都说好,就七手八脚爬上去摘下幕布铺在台上。一个人走到台边,对着空空的座位一敬礼,尖着嗓子学报幕员,说:"下一个节目——睡觉。现在开始。"大家悄悄地笑,纷纷钻进幕布躺下了。

躺下许久,我发觉王一生还没有睡着,就说:"睡吧,明天要参加比赛呢!"王一生在黑暗里说:"我不赛了,没意思。倪斌是好心,可我不想赛了。"我说:"咳,管他!你能赛棋,脚卵能调上来,一副棋算什么?"王一生说:"那是他父亲的棋呀!东西好坏不说,是个信物。我妈留给我的那副无字棋,我一直性命一样存着,现在生活好了,妈的话,我也忘不了。倪斌怎么就可以送人呢?"我说:"脚卵家里有钱,一副棋算什么呢?他家里知道儿子活得好一些了,棋是舍得的。"王一生说:"我反正是不赛了,被人做了交易,倒像是我占了便宜。我下得赢下不赢是我自己的事,这样赛,被人戳脊梁骨。"不知是谁也没睡着,大约都听见了,咕噜一声:"呆子。"

四

　　第二天一早儿，大家满身是土地起来，找水擦了擦，又约画家到街上去吃。画家执意不肯，正说着，脚卵来了，很高兴的样子。王一生对他说："我不参加这个比赛。"大家呆了，脚卵问："蛮好的，怎么不赛了呢？省里还下来人视察呢！"王一生说："不赛就不赛了。"我说了说，脚卵叹道："书记是个文化人，蛮喜欢这些的。棋虽然是家里传下的，可我实在受不了农场这个罪，我只想有个干净的地方住一住，不要每天脏兮兮的。棋不能当饭吃的，用它通一些关节，还是值的。家里也不很景气，不会怪我。"画家把双臂抱在胸前，抬起一只手摸了摸脸，看着天说："倪斌，不能怪你，你没有什么了不得的要求。我这两年，也常常犯糊涂，生活太具体了。幸亏我还会画画儿。何以解忧？唯有——唉。"王一生很惊奇地看着画家，慢慢转了脸对脚卵说："倪斌，谢谢你。这次比赛决出高手，我登门去与他们下。我不参加这次比赛了。"脚卵忽然很兴奋，攥起大手一顿，说："这样，这样！我呢，去跟书记说一下，组织一个友谊赛。你要是赢了这次的冠军，无疑是真正的冠军。输了呢，也不太失身份。"王一生呆了呆："千万不要跟什么书记说，我自己找他们下。要下，就与前三名都下。"

大家也不好再说什么，就去看各种比赛，倒也热闹，王一生只钻在棋类场地外面，看各局的明棋。第三天，决出前三名。之后是发奖，又是演出，会场乱哄哄的，也听不清谁得的是什么奖。

脚卵让我们在会场等着，过了不久，就领来两个人，都是制服打扮。脚卵作了介绍，原来是象棋比赛的第二、三名。脚卵说："这就是王一生，棋蛮厉害的，想与你们两位高手下一下，大家也是一个互相学习的机会。"两个人看了看王一生，问："那怎么不参加比赛呢？我们在这里待了许多天，要回去了。"王一生说："我不耽误你们，与你们两人同时下。"两人互相看了看，忽然悟到，说："盲棋？"王一生点一点头，两人立刻变了态度，笑着说："我们没下过盲棋。"王一生说："不要紧，你们看着明棋下。来，咱们找个地方儿。"话不知怎么就传了出去，立刻嚷动了，全场上各县的人都说有一个农场的小子没有赛着，不服气，要同时与亚、季军比试。百十个人把我们围了起来，挤来挤去地看，大家觉得有了责任，便站在王一生身边儿。王一生倒低了头，对两个人说："走吧，走吧，太扎眼。"有一个人挤了进来，说："哪个要下棋？就是你吗？我们大爷这次是冠军，听说你不服气，我来请你。"王一生慢慢地说："不必。你大爷要是肯下，我和你们三人同下。"众人都轰动了，拥着往棋场走去。到了街上，百十人走成一片。行人见了，纷纷问怎么回事，可是知青打架？待明白了，就都跟着走。走过半条街，竟有上千人跟着跑来跑去。商店里的店员和顾客也都站出来张望。长途车路过这里开不过，乘客们纷纷探出头来，只见一街人头攒动，尘土飞起多高，轰轰的，乱纸踏得嚓嚓响。一个傻子呆呆地在街中心，咿咿呀呀地唱，有人发了善心，把他拖开，傻子就倚了墙根儿唱。四五条狗窜来窜去，觉得是它们在引路打狼，汪汪叫着。

到了棋场，竟有数千人围住，土扬在半空，许久落不下来。棋场的标语标志早已摘除，出来一个人，见这么多人，脸都白了。脚卵上去与他交涉，他很快地看着众人，连连点头儿，半天才明白是借场子用，急忙打开门，连说"可以可以"，见众人都要进去，就急了。我们几个，马上到门口守住，放进脚卵、王一生和两个得了荣誉的人。这时有一个人走出来，对我们说："高手既然和三个人下，多我一个也不怕，我也算一个。"众人又嚷动了，又有人报名。我不知怎么办好，只得进去告诉王一生。王一生咬一咬嘴说："你们两个怎么样？"那两个人赶紧站起来，连说可以。我出去统计了，连冠军在内，对手共是十人。脚卵说："十不吉利，九个人好了。"于是就九个人。冠军总不见来，有人来报，既是下盲棋，冠军只在家里，命人传棋。王一生想了想，说好吧。九个人就关在场里，墙外一副明棋不够用，于是有人拿来八张整开白纸，很快地画了格儿。又有人用硬纸剪了百十个方棋子儿，用红黑颜色写了，背后粘上细绳，挂在棋格儿的钉子上，风一吹，轻轻地晃成一片，街上人们也喊成一片。

人是越来越多。后来的人拼命往前挤，挤不进去，就抓住人打听，以为是杀人的告示。妇女们也抱着孩子们，远远围成一片。又有许多人支了自行车，站在后架上伸脖子看，人群一挤，连着倒，喊成一团。半大的孩子们钻来钻去，被大人们用腿拱出去。数千人闹闹嚷嚷，街上像半空响着闷雷。

王一生坐在场当中一个靠背椅上，把手放在两条腿上，眼睛虚望着，一头一脸都是土，像是被传讯的歹人。我不禁笑起来，过去给他拍一拍土。他按住我的手，我觉出他有些抖。王一生低低地说："事情闹大了。你们几个朋友看好，一有动静，一起跑。"我说："不会。只要你赢了，什么都好办。争口气，怎么样？有把握吗？九个人哪！头三名都在这里！"王一生沉吟了一下，说："怕江湖的不怕朝廷的，参加过比赛的人的棋路我都看了，就不知道其他六个人会不会冒出冤家。书包你拿着，不管怎么样，书包不能丢。书包里有……"王一生看了看我，"我妈的无字棋。"他的瘦脸上又干又脏，鼻沟儿也黑了，头发立着，喉咙一动一动的，两眼黑得吓人。我知道他拼了，心里有些酸，只说："保重！"就离了他。他一个人空空地在场中央，谁也不看，静静的像一块铁。

棋开始了。上千人不再出声儿。只有自愿服务的人一会儿紧一会儿慢地用话传出棋步，外边儿自愿服务的人就变动着棋子儿。风吹得八张大纸哗哗地响，棋子儿荡来荡去。太阳斜斜地照在一切上，烧得耀眼。前几十排的人都坐下了，仰起头看，后面的人也挤得紧紧的，一个个土眉土眼，头发长长短短吹得飘，再没人动一下，似乎都要把命放在棋里搏。

我心里忽然有一种很古的东西涌上来，喉咙紧紧地往上走。读过的书，有的近了，有的远了，模糊了。平时十分佩服的项羽、刘邦都在目瞪口呆，倒是尸横遍野的那些黑脸士兵，从地下爬起来，哑了喉咙，慢慢移动。一个樵夫，提了斧在野唱。忽然又仿佛见了呆子的母亲，用一双弱手一张一张地折书页。

我不由伸手到王一生的书包里去掏摸，捏到一个小布包儿，拽出来一看，是个旧蓝斜纹布的小口袋，上面用线绣了一只蝙蝠。布的四边儿都用线做了圈口，针脚很是细密。取出一个棋子，确实很小，在太阳底下竟是半透明的，像是一只眼睛，正柔和地瞧着。我把它攥在手里。

太阳终于落下去，立刻爽快了。人们仍在看着，但议论起来。里边儿传出一句王一生的棋步，外边儿的就嚷动一下。专有几个人骑车为在家的冠军传送着棋步，大家就不太客气，笑话起来。

我又进去，看见脚卵很高兴的样子，心里就松开一些，问："怎么样？我不懂棋。"脚卵抹一抹头发，说："蛮好，蛮好。这种阵势，我从来也没见过，你想想看，九个人与他一个人下，九局连环！车轮大战！我要写信给我的父亲，把这次的棋谱都寄给他。"这时有两个人从各自的棋盘前站起来，朝着王一生一鞠躬，说："甘拜下风。"就捏着手出去了。王一生点点头儿，看了他们的位置一眼。

王一生的姿势没有变，仍旧是双手扶膝，眼平视着，像是望着极远极远的远处，又像是盯着极近极近的近处，瘦瘦的肩挑着宽大的衣服，土没拍干净，东一块儿，西一块儿。喉结许久才动一下。我第一次承认象棋也是运动，而且是马拉松，是多一倍的马拉松！我在学校时，参加过长跑，开始后的五百米，确实极累，但过了一个限度，就像不是在用脑子跑，而像一架无人驾驶的飞机，又像是一架到了高度的滑翔机，只管滑翔下去。可这象棋，始终是处在一种机敏的运动之中，兜捕对手，逼向死角，不能疏忽。我忽然担心起王一生的身体来。这几天，大家因为钱紧，不敢怎么吃，晚上睡得又晚，谁也没想到会有这么一个场面。看着王一生稳稳地坐在那里，我又替他赌一口气：死顶吧！我们在山上扛木料，两个人一根，不管路不是路，沟不是沟，也得咬牙，死活不能放手。谁若是顶不住软了，自己伤了不说，另一个也得被木头震得吐血。可这回是王一生一个人过沟过坎儿，我们帮不上忙。我找了点儿凉水来，悄悄走近他，在他眼前一挡，他抖了一下，眼睛刀子似的看了我一下，一会儿才认出是我，就干干地笑了一下。我指指水碗，他接过去，正要喝，一个局号报了棋步。他把碗高高地平端着，水纹丝儿不动。他看着碗边儿，回报了棋步，就把碗缓缓凑到嘴边儿。这时下一个局号又报了棋步，他把嘴定在碗边上，半晌，回报了棋步，才咽一口水下去，"咕"地一声儿，声音大得可怕，眼里有了泪花。他把碗递过来，眼睛望望我，有一种说不出的东西在里面游动，嘴角儿缓缓流下一滴水，把下巴和脖子上的土冲开一道沟儿。我又把碗递过去，他竖起手掌止住我，回到他的世界里去了。

我出来，天已黑了。有山民打着松枝火把，有人用手电照着，黄乎乎的，一团明亮。大约是地区的各种单位下班了，人更多了，狗也在人前蹲着，看人挂动棋子，眼神凄凄的，像是在担忧。几个同来的队上知青，各被人围了打听。不一会儿，"王一生"、"棋呆子"、"是个知青"、"棋是道家的棋"，就在人们嘴上传。我有些发噱，本想到人群里说说，但又止住了，随人们传吧，我开始高兴起来。这时墙上只有三局在下了。

忽然人群发一声喊。我回头一看，原来只剩了一盘，恰是与冠军的那一盘，盘上只有不多几个子儿。王一生的黑子儿远远近近地峙在对方棋营格里，后方老帅稳稳地待着，尚有一"士"伴着，好像帝王与近侍在聊天儿，等着前方将士得胜回朝；又似乎隐隐看见有人在伺候酒宴，点起尺把长的红蜡烛，有人在悄悄地调整管弦，单等有人跪奏捷报，鼓乐齐鸣。我的肚子拖长了音儿在响，脚下觉得软了，就拣个地方坐下，仰头看最后的围猎，生怕有什么差池。

红子儿半天不动，大家不耐烦了，纷纷看骑车的人来没有，嗡嗡地响成一片。忽然人群乱起来，纷纷闪开。只见一老者，精光头皮，由旁人搀着，慢慢走出来，嘴嚼动着，上上下下看着八张定局残子。众人纷纷传着，这就是本届地区冠军，是这个山区的一个世家后人，这次"出山"玩玩儿棋，不想就夺了头把交椅，评了这次比赛的大势，直叹棋道不兴。老者看完了棋，轻轻抻一抻衣衫，跺一跺土，昂了头，由人搀进棋场。众人都一拥而起。我急忙抢进了大门，跟在后面。只见老者进了大门，立定，往前看去。

王一生孤身一人坐在大屋子中央，瞪眼看着我们，双手支在膝上，铁铸一个细树桩，似无所见，似无所闻。高高的一盏电灯，暗暗地照在他脸上，眼睛深陷进去，黑黑的似俯视大千世界，茫茫宇宙。那生命像聚在一头乱发中，久久不散，又慢慢弥漫开来，灼得人脸热。

众人都呆了，都不说话。外面传了半天，眼前却是一个瘦小黑鬼，静静地坐着，众人都不禁吸了一口凉气。

半晌，老者咳嗽一下，底气很足，十分洪亮，在屋里荡来荡去。王一生忽然目光短了，发觉了众人，轻轻地挣了一下，却动不了。老者推开搀的人，向前迈了几步，立定，双手合在腹前摩挲了一下，朗声叫道："后生，老朽身有不便，不能亲赴沙场。使人传棋，实出无奈。你小小年纪，就有这般棋道，我看了，汇道禅于一炉，神机妙算，先声有势，后发制人，遣龙治水，气贯阴阳，古今儒将，不过如此。老朽有幸与你接手，感触不少，中华棋道，毕竟不颓，愿与你做个忘年之交。老朽这盘棋下到这里，权做赏玩，不知你可愿意平手言和，给老朽一点面子？"

王一生再挣了一下，仍起不来。我和脚卵急忙过去，托住他的腋下，提他起来。他的腿仍然是坐着的样子，直不了，半空悬着。我感到手里好像只有几斤的分量，就示意脚卵把王一生放下，用手去揉他的双腿。大家都拥过来，老者摇头叹息着。脚卵用大手在王一生身上、脸上、脖子上缓缓地用力揉。半晌，王一生的身子软下来，靠在我们手上，喉咙嘶嘶地响着，慢慢把嘴张开，又合上，再张开，"啊啊"着。很久，才呜呜地说："和了吧。"

老者很感动的样子，说："今晚你是不是就在我那儿歇了？养息两天，我们谈谈棋？"王一生摇摇头，轻轻地说："不了，我还有朋友。大家一起出来的，还是大家在一起吧。我们到、到文化馆去，那里有个朋友。"画家就在人群里喊："走吧，到我那里去，我已经买好了吃的,你们几个一起去。真不容易啊。"大家慢慢拥了我们出来,火把一圈儿照着。山民和地区的人层层围了,争睹棋王风采,又都点头儿叹息。

我搀了王一生慢慢走,光亮一直随着。进了文化馆,到了画家的屋子,虽然有人帮着劝散,窗上还是挤满了人,慌得画家急忙把一些画儿藏了。

人渐渐散了,王一生还有些木。我忽然觉出左手还攥着那个棋子,就张了手给王一生看。王一生呆呆地盯着,似乎不认得,可喉咙里就有了响声,猛然"哇"地一声儿吐出一些黏液,呜呜地说:"妈,儿今天……妈——"大家都有些酸,扫了地下,打来水,劝了。王一生哭过,滞气调理过来,有了精神,就一起吃饭。画家竟喝得大醉,也不管大家,一个人倒在木床上睡去。电工领了我们,脚卵也跟着,一齐到礼堂台上去睡。

夜黑黑的,伸手不见五指。王一生已经睡死。我却还似乎耳边人声嚷动,眼前火把通明,山民们铁了脸,掮着柴火在林中走,咿咿呀呀地唱。我笑起来,想:不做俗人,哪儿会知道这般乐趣?家破人亡,平了头每日荷锄,却自有真人生在里面,识到了,即是幸,即是福。衣食是本,自有人类,就是每日在忙这个。可囿在其中,终于还不太像人。倦意渐渐上来,就拥了幕布,沉沉睡去。

树王

一

　　运知青的拖拉机进了山沟，终于在一小片平地中停下来。知青们正赞叹着一路野景，这时知道是目的地，都十分兴奋，纷纷跳下车来。

　　平地一边有数间草房，草房前高高矮矮、老老少少站了一溜儿人，张了嘴向我们望，不大动。孩子们如鱼般远远游动着。带队来的支书便不耐烦，喊道："都来欢迎欢迎嘛！"于是走出一个矮汉子，把笑容硬在脸上，慌慌地和我们握手。女知青们伸出手去，那汉子不握，自己的手互相擦一下，只与男知青们握。我见与他握过手的人脸上都有些异样，心里正不明白，就轮到我了。我一边伸出手去，说着"你好"，一边看这个矮汉子。不料手好似被门缝狠狠挤了一下，正要失声，矮汉子已去和另外的人握手了。男知青们要强，被这样握过以后，都不做声，只抽空甩一下手。

支书过来，说："肖疙瘩，莫握手了，去帮学生们下行李。"矮汉子便不与人握手，走到拖斗一边，接上面递下的行李。

知青中，李立是好读书的人。行李中便有一只大木箱，里面都是他的书。这只木箱，要四个人才移得动。大家因都是上过学的，所以便对这只木箱有敬意，极小心地抬，嘴里互相嘱咐着："小心！小心！"移至车厢边，下边只站着一个肖疙瘩，大家于是叫："再来三个人！"还未等另外三个人过来，那书箱却像自己走到肖疙瘩肩上，肖疙瘩一只手扶着，上身略歪，脚连着走开了。大家都呆了，提着一颗心。待肖疙瘩走到草房前要下肩时，大家又一齐叫起来："小心！"肖疙瘩似无所闻，另一只手扶上去，肩略一颠，腿屈下，双手把书箱稳稳放在地下。

大家正说不出话，肖疙瘩已走回车厢边，拍一拍车板，望着歇手的知青们，略略有些疑惑。知青们回过神，慌忙推一排行李到车厢边。肖疙瘩一手扯一件，板着胸,脚连着提走。在省城往汽车上和在总场往拖拉机上倒换行李时,大家都累得不行,半天才完。在队上却不知不觉,一会儿就完了。

大家卸完行李,进到草房里,房中一长条竹床,用十多丈长的大竹破开铺好,床头有一排竹笆,隔壁又是一间,分给女知青住。床原来是通过去的,合起来可各睡二十多人。大家惊叹竹子之大,纷纷占了位置,铺上褥子,又各自将自己的箱子摆好。李立叫了三个人帮他把书箱放好。放好了,李立呆呆地看着书箱,说:"这个家伙!他有多大的力气呢?"大家也都围过来,像是看一个怪物。这书箱漆着赭色,上面又用黄漆喷了一轮有光的太阳,"广阔天地,大有作为"几个字围了半圈。有人问:"李立,是什么珍贵的书?"李立就浑身上下摸钥匙。

天已暗下来,大家等着开箱,并没有觉得。这时支书捏了一只小油灯进来,说:"都收拾好了?这里比不得大城市,没有电,先用这个吧。"大家这才悟过来没有电灯,连忙感谢着支书,小心地将油灯放在一摞箱子上。李立找到钥匙,弯下腰去开锁。大家围着,支书也凑近来,问:"打失东西了?"有人就介绍李立有一箱书，都是极好的。支书于是也弯下腰去看。箱盖掀开，昏暗中书籍漫出沿口，大家纷纷拿了对着亮看。原来都是政治读物，四卷雄文自不必说，尚有半尺厚的《列宁选集》，繁体字，青灰漆布面，翻开，字是竖排。又有很厚的《干部必读》《资本论》《马恩选集》，全套单行本《九评》，还有各种装潢的《毛主席语录》与林副主席语录。大家都惊叹李立如何收得这样齐整，简直可以开一个图书馆。李立慢慢地说："这都是我父母的。我来这里，母亲的一套给我，父亲的一套他们还要用。老一辈仍然有一个需要学习的问题。但希望是在我们身上，未来要靠我们脚踏实地去干。"大家都感叹了。支书看得眼呆，却听不太明白，问："看这么多书，还要学习文件么？"李立沉沉地说："当然。"支书拣起一本书说："这本是什么？我拿去看看。"大家忍住笑，说这就是《毛泽东选集》。支书说既是毛选，他已有两套，想拿一本新的。李立于是拿了一本什么给他。

收拾停当，又洗涮，之后消停下来，等队上饭熟。门口不免围了一群孩子，于是大家掏摸出糖果散掉。孩子们尖叫着纷纷跑回家，不一会儿又嘴里鼓鼓地吮着继续围来门口，眼里少了惊奇，多了快乐，也敢近前偎在人身边。支书领着队长及各种干部进进出出地互相介绍，问长问短，糖果自然又散掉一些。大人们仔细地剥开糖纸，不吃，都给了孩子们。孩子们于是掏出嘴里化了大半的糖粒，互相比较着颜色。

正闹着，饭来了，提在房前场上。月亮已从山上升出，淡着半边，照在场上，很亮。大家在月光下盛了饭，围着菜盆吃。不料先吃的人纷纷叫起来。我也夹了一筷子菜放进嘴里，立刻像舌头上着了一鞭，胀得痛，慌忙吐在碗里对着月光看，不得要领。周围的大人与孩子们都很高兴，问："城里不吃辣子么？"女知青们问："以后都这么辣吗？"支书说："狗日的！"于是讨了一副筷，夹菜吃进嘴里，嚼嚼，看看月亮，说："不辣嘛。"女知青们半哭着说："还不辣？"大家于是只吃饭，菜满满地剩着。吃完了，来人将菜端走。孩子们都跳着脚说："明早有得肉吃了！"知青们这才觉出菜里原来有荤腥。

吃完了饭，有表的知青说还不到八点，屋里又只有小油灯，不如在场里坐坐。李立就提议来个营火晚会。支书说柴火有的是，于是喊肖疙瘩。肖疙瘩远远跑来，知道了，就去拖一个极大的树干来，用一个斧劈。李立要过斧来说自己劈。第一斧偏了，削下一块皮，飞出多远。李立吐了唾沫在手心，捏紧了斧柄抡起来。"嗨"地一声劈下去。那斧正砍中一个杈口，却怎么也拔不出来。大家都拥上来要显显身手。斧却像生就的，树干晃得乱动，就是不下来。正忙着，肖疙瘩过来，一脚踏住树干，一手落在斧柄上，斧就乖乖地斜松下来。肖疙瘩将斧拿在手里，并不抡高，像切豆腐一样，不一会儿，树干就分成几条。大家看时，木质原来是扭着的。有知青指出这是庖丁解牛，另有人就说解这木牛，劲小的庖丁怕不行。肖疙瘩又用手去掰分开的柴，山沟里劈劈啪啪地就像放爆竹。有掰不动的，肖疙瘩就捏住一头在地上摔断。一个丈长的弯树，不一刻就架成一堆。李立去屋里寻纸来引。肖疙瘩却摸出火柴，蹲下，划着，伸到柴堆里去点。初时只有一寸的火苗，后来就像有风，蹿成一尺。待李立寻来纸，柴已燃得劈啪作响。大家都很高兴，一个人便去拨火。不料一动，柴就塌下来，火眼看要灭，女知青们一迭声地埋怨。肖疙瘩仍不说话，用一根长柴伸进去轻轻一挑，火又蹿起来。

我说:"老肖,来,一起坐。"肖疙瘩有些不好意思,说:"你们耍。"那声音形容不出,因为他不再说话,只慢慢走开,我竟觉得他没有说过那三个字。

支书说:"肖疙瘩,莫要忘记明天多四十个人吃饭。"肖疙瘩不说话,不远不近地蹲到场边一个土坡上,火照不到他,只月光勾出他小小的一圈。

火越来越大。有火星不断歪曲着升上去,热气灼得人脸紧,又将对面的脸晃得陌生。大家望着,都有些异样。李立站起来,说:"战斗的生活就要开始了,唱起歌来迎接它吧。"我突然觉得,走了这么久的路来到这里,绝不是在学校时的下乡劳动,但来临的生活是什么也不知道。大火令我生出无限的幻想与神秘,我不禁站起来想在月光下走开,看看这个生产队的范围。

大家以为我站起来是要唱歌,都望着我。我忽然明白了,窘迫中想了一个理由:"厕所在哪儿?"大家哄笑起来。支书指了一个地方,我就真的走过去,经过肖疙瘩身边。

肖疙瘩望望我,说:"屙尿?"我点点头,肖疙瘩就站起来在我前面走。望着他小小的身影,真搞不清怎么会是他劈了一大堆柴并且升起一大堆火。正想着，就到了生产队尽头。肖疙瘩指一指一栋小草房，说："左首。"我哪里有尿？就站住脚向山上望去。

生产队就在大山缝脚下，从站的地方望上去，森森的林子似乎要压下来，月光下只觉得如同鬼魅。我问："这是原始森林吗？"肖疙瘩望望我，说："不屙尿？"我说："看看。这森林很古老吗？"肖疙瘩忽然很警觉的样子，听了一下，说："麂子。"我这时才觉到远远有短促的叫声，于是有些紧张，就问："有老虎吗？"肖疙瘩用手在肚子上勾一勾，说："虎？不有的。有熊，有豹，有野猪，有野牛。"我说："有蛇吗？"肖疙瘩不再听那叫声，蹲下了，说："蛇？多得很。有野鸡，有竹鼠，有马鹿，有麝猫。多得很。"我说："啊，这么多动物，打来吃嘛。"肖疙瘩又站起来，回头望望远处场上的火光，竟叹了一口气，说："快不有了，快不有了。"我奇怪了，问："为什么呢？"肖疙瘩不看我，搓一搓手，问："他们唱哪样？"我这时听出远处火堆那里传来女知青的重唱。几句过后，就对肖疙瘩说："这是唱我们划船，就是在水上划小船。"肖疙瘩说："捉鱼么？"我笑了，说："不捉鱼，玩儿。"肖疙瘩忽然在月光下看定了我,问:"你们是接到命令到这里砍树么?"我思索了一下,说:"不。是接受贫下中农再教育,建设祖国,保卫祖国,改变一穷二白。"肖疙瘩说:"那为哪样要砍树呢?"我们在来的时候大约知道了要干的活计,我于是说:"把没用的树砍掉,种上有用的树。树好砍吗?"肖疙瘩低了头,说:"树又不会躲哪个。"向前走了几步,哗哗撒了一泡尿,问我:"不屙尿?"我摇摇头,随他走回去。营火晚会进行到很晚,露气降下来,柴也只剩下红炭,大家才去睡觉。夜里有人翻身,竹床便浪一样滚,大家时时醒来,断断续续闹了一夜。

二

第二天一早,我们爬起来,洗脸,刷牙,又纷纷拿了碗,用匙儿和筷子敲着,准备吃饭。这时司务长来了,一人发给一张饭卡,上面油印了一个月口粮的各种两数,告诉我们吃多少,炊事员就划掉多少。大家都知道这张纸是珍贵的了,就很小心地收在兜里。司务长又介绍最好将饭卡粘在一张硬纸上,不易损坏。大家于是又纷纷找硬纸,找胶水,贴好,之后到伙房去打饭吃。菜仍旧辣,于是仍旧只吃饭。队上的人都高高兴兴地将菜打回去。有人派孩子来打,于是孩子们一边拨拉着菜里的肉吃,一边走。

饭吃好了,队长来发锄,发刀。大家把工具在手上舞弄着，恨不能马上到山上干起来。队长笑着说："今天先不干活，先上山看看。"大家于是跟了队长向山上走去。

原来这山并不是随便从什么地方就可以上去的。队长领着大家在山根沿一条小道横走着，远远见到一片菜地，一地零零落落的洋白菜，灰绿的叶子支张着，叶上有大小不等的窟窿。大家正评论着这菜长得如此难看，就见肖疙瘩从菜地里出来，捏一把刀。队长说："老肖。"肖疙瘩问："上山么？"队长说："带学生们上山看看。"肖疙瘩对大家看看，就蹲下去用刀砍洋白菜的叶子。几刀过后，外面的叶子落净，手上只剩一个球大的疙瘩，很嫩的样子。肖疙瘩又将落在地上的叶子拾在一起，放进一只筐里。有个知青很老练的气度，说："这是喂猪的。"队长说："喂猪？这是好东西。拿来渍酸菜，下得饭。"大家不安了，都说脏。肖疙瘩不说话，仍旧在弄他的。队长说："老肖，到山上转转？"肖疙瘩仍不说话，仍在弄他的。队长也不再说，领了我们走。

山上原来极难走。树、草、藤都掺在一起，要时时用刀砍断拦路的东西，蹚了深草走。女知青们怕有蛇，极小心地贼一样走。男知青们要显顽勇，劈劈啪啪地什么都砍一下,初时兴奋不觉得,渐渐就闷热起来。又觉得飞虫极多,手挥来挥去地赶,像染了神经病。队长说:"莫乱砍,虫子就不多。"大家于是又都不砍,喘着气钻来钻去地走。走了约一个多钟头,队长站下来,大家喘着气四下一望,原来已经到了山顶。沟里队上的草房微小如豆,又认出其中的伙房,有烟气扭动着浮上去,渐渐淡没。远处的山只剩了颜色,蓝蓝的颠簸着伸展,一层浅着一层。大家呆呆地喘气,纷纷张着嘴,却说不出话。我忽然觉得这山像人脑的沟回,只不知其中思想着什么。又想,一个国家若都是山,那实际的面积比只有平原要多很多。常说夜郎自大,那夜郎踞在川贵山地,自大,恐怕有几何上的道理。

队长说:"你们来了,人手多。农场今年要开万亩山地,都种上有用的树。"说着用手一指对面的一座山。大家这时才看出那山上只有深草,树已没有。细细辨认,才觉出有无数细树,层层排排地种了一山,只那山顶上,有一株独独的大树。李立问:"这些山,"用手一划,"都种上有用的树吗?"队长说是。李立反叉了腰,深深地吸一口气,说:"伟大。改造中国,伟大。"大家都同意着。队长又说:"咱们站的这座山,把树放倒,烧一把火，挖上梯田带，再挖穴，种上有用的树。农场的活嘛，就是干这个。"有一个人指了对面山上那棵大树，问："为什么那棵树不砍倒？"队长看了看，说："砍不得。"大家纷纷问为什么。队长拍落脸上的一只什么虫，说："这树成了精了。哪个砍哪个要糟。"大家又问怎么糟？队长说："死。"大家笑起来，都说怎么会。队长说："咋个不会？我们在这里多少年了，凡是这种树精，连树王都不砍，别人就更不敢砍了。"大家又都笑说怎么会有成精的树？又有树王？李立说："迷信。植物的生长，新陈代谢，自然规律。太大了，太老了，人就迷信为精。队长，从来没有人试着砍过吗？"队长说："砍那座山的时候，我砍过。可砍了几刀，就浑身不自在，树王说，不能砍，就不敢再砍了。"大家问："谁是树王？"队长忽然迟疑了，说："啊，树王，树王么——啊，树——"用手挠一挠头，又说："走吧，下山去。大家知道了，以后就干了。"大家不走，逼着问树王是谁，队长很后悔的样子，一边走，一边说："唉，莫提，莫提。"大家想那人大约是反革命之类的人，在城里这类人也是不太好提的。李立说："肯定是搞迷信活动。农场的工人觉悟就这么低？他说不能砍就不砍了？"队长不再说话,默默地一直下到山底。

到了队上,大家不免又看那棵树,都很纳闷。听说下午是整理内务,几个人吃了午饭就相约爬上去看一看。

中午的太阳极辣。山上的草叶都有些垂卷,远远近近似乎有爆裂的声音。吃了午饭,大家看准了一条路,只管爬上去。

正弯腰抬腿地昏走,忽然见一个小娃赤着脚,黑黑的肩脊,闪着汗亮,抡了一柄小锄在挖什么。大家站住脚,喘着气问:"挖什么?"小娃把锄拄在手下,说:"山药。"李立用手比了一个圆形,问:"土豆儿?"小娃眼睛一细,笑着说:"山药就是山药。"有一个人问:"能吃吗?"小娃说:"吃得。粉得很。"大家就围过去看。只见斜坡已被小娃刨开一道窄沟,未见有什么东西。小娃见我们疑惑,就打开地上一件团着的衣服,只见有扁长的柱形数块,黄黄的,断口极白。小娃说:"你们吃。"大家都掐了一点在嘴里,很滑,没有什么味儿,于是互相说意思不大。小娃笑了,说要蒸熟才更好吃。我们歇过来了,就问:"到山顶上怎么走?"小娃说:"一直走。"李立说:"小朋友,带我们去。"小娃说:"我还要挖。"想了想，又说："好走得很嘛，走。"说着就将包山药的衣服提着，掮了锄沿路走上去。

小娃走得飞快，引得我们好苦，全无东瞧西看的兴致，似乎只是为了走路。不一刻，汗淌到眼睛里，杀得很。汗又将衣衫捉到背上，裤子也吸在腿上。正坚持不住，只听得小娃在上面喊："可是要到这里？"大家拼命紧上几步，方知到了。

大家四下一看，不免一惊。早上远远望见的那棵独独的树，原来竟是百米高的一擎天伞。枝枝杈杈蔓延开去，遮住一亩大小的地方。大家呆呆地慢慢移上前去，用手摸一摸树干。树皮一点不老，指甲便划得出嫩绿，手摸上去又温温的似乎一跳一跳，令人疑心这树有脉。李立围树走了一圈，忽然狂喊一声："树王就是它，不是人！"大家张了嘴，又抬头望树上。树叶密密层层，风吹来，先是一边晃动，慢慢才动到另一边。叶间闪出一些空隙，天在其中蓝得发黑。又有阳光渗下无数斑点，似万只眼睛在眨。

我生平从未见过这样大的树，一时竟脑子空空如洗，慢慢就羞悔枉生一张嘴，说不得唱不得，倘若发音，必如野兽一般。

许久，大家才很异样地互相看看，都只咽下一口什么，慢慢走动起来。

那小娃一直掮着锄四下望着，这时忽然伸开细细的胳膊，回头看了我们一下，眼里闪出光来。大家正不明白，只见他慢慢将锄捏在手里，脊背收成窄窄的一条，一下将锄死命地丢出去。那锄在空中翻滚了几下，远远落在草里，草里就蹿出黄黄的一条，平平地飘走。大家一齐"呀"地喊起来，原来是一只小鹿。

小鹿跑到山顶尽头，倏地停住，将头回转来，一只耳朵微微摆一摆。身子如印在那里，一动不动。大家回过神来，又发一声喊，刚要抬脚，那小鹿却将短尾一平，碎着蹄脚移动几步，又一探头颈，黄光一闪，如梦般不见了。

小娃笑着去草里寻锄。大家说："你怎么会打得着鹿？"小娃说："这是麂子嘛，不是马鹿。"我想起昨晚的叫声，原来就是这种东西发出来的，就说："这家伙叫起来很怪。"大家不信，问我怎么会知道。我说："昨天晚上我就听见了，肖疙瘩说是麂子叫。"小娃很严肃地说："我爹说是麂子叫，就是麂子叫。这山里还有一种叫声：咕、嘎。这是蛤蚧，肉好吃得很。"大家明白这原来是肖疙瘩的小孩。我不由得问:"你叫什么?"小娃将身体摆了一下,把一只手背过去,很坏的样子眯起一只眼睛,说:"肖六爪。"大家正不明白是哪几个字,我却明白了:"六指。把手拿来看看。"肖六爪迟疑了一下,又很无所谓的样子把手伸出来,手背朝上,大家一看,果然在小指旁边还长出一只指头,肖六爪将那个小指头立起来独独地转了一圈,又捏起拳头,只剩下第六个指头,伸到鼻子里掏,再拽出来,飞快地弹一下。一个人不由得闪了一下,大家都笑起来。肖六爪很骄傲的样子,说:"我这个指头好得很,不是残废,打起草排来比别人快。"大家不明白什么打草排,肖六爪很老练的样子,说:"将来你们也要打,草房顶要换呢。"

我拍拍六爪的头,说:"你爸爸力气很大。"六爪把两条细腿叉开,浑身扭一下,说:"我爹当过兵,侦察兵,去过外国。我爹说:外国跟这里一样,也是山,山上也是树。"我心里估摸了一下,问:"去朝鲜?"六爪愣了一下,摇摇头,用手一指,说:"那边。"大家都早知道这里不远就是国境,不免张望起来。可除了山,还是山,看不出名堂。

大家慢慢往回走，又回头望望树王。树王静静地立在山顶，像是自言自语，又像是逗着百十个孩子，叶子哗哗地响。李立忽然站住了，说："这棵树要占多少地啊！它把阳光都遮住了，种的树还会长吗？"大家都悟过来这个道理，但不明白他为什么说这个。一个人说："树王嘛。"李立不再说什么，随大家一齐下山。

三

第三天，大家便开始上山干活。活计自然是砍树。千百年没人动过这原始森林，于是整个森林长成一团。树都互相躲让着，又都互相争夺着，从上到下，无有闲处。藤子从这棵树爬到那棵树，就像爱串门子的妇女，形象却如老妪。草极盛，年年枯萎后，积一层厚壳，新草又破壳而出。一脚踏下去，"噗"地一声，有时深了，有时浅了。树极难砍。明明断了，斜溜下去，却不倒，不是叫藤扯着，就是被近旁的树架住。一架大山，百多号人，整整砍了一个多月，还没弄出个眉目来。这期间，农场不断有命令下来，传达着精神，要求不怕苦、不怕死，多干快干。各分场，各生产队又不断有挑应战。

成绩天天上报，再天天公布出来，慢慢就比出几位英雄好汉，令大家敬仰。这其中只有一个知青，即是李立。

李立原并不十分强壮，却有一股狠劲儿，是别人比不得的。开始大家都不太会干，一个钟头后就常常擦汗，擦的时间渐渐长久，于是不免东张西望，并发现许多比砍树更有趣的事情。例如有云飘过，大家就一动不动地看阴影在山上移动；又有野雉拖一条长尾快快地飞走，大家就在心中比较着它与家鸡的味道；更有蛇被发现，大家围着打；还常常寻到一些异果，初时谁也不敢吃，于是必有人担起神农的责任，众目睽睽之下，镇静地慢慢嚼，大家在紧张中咽下口水。但所有这些均与李立无关。李立只是舍命地砍，仅在树倒时望望天。有人见李立如此认真，便不好意思，就好好去干，将兴趣藏起。

我慢慢终于会砍山上的一切。以我的知识，以为砍树必斧无疑，初时对用刀尚不以为然，后来才明白，假若山上只有树，斧当然极方便。但斧如何砍得草？队上发的刀，约有六七斤重，用来砍树，用力便砍得进；用来砍藤，一刀即断；用来砍草，只消平抡了一排涮过去。在城里时，父亲好厨，他常指点我：若做得好菜，一要刀，二要火。他又常常亲自磨刀，之后立起刃来微微动着看，刃上无亮线即是锋利了。这样的刀可切极薄的肉与极细的菜丝。有父亲的同事来做饕客，热心的就来帮厨，总是被割去指甲还不知道，待白菜渗红，才感叹着离开。后来磨刀的事自然落在我身上，竟使我磨刀成癖。又学了书上，将头发放在刃上吹，总也不断，才知道增加吹的力量，也是一种功夫。队上发刀的头一天，我便用了三个钟头将刀磨得锋快。人有利器，易起杀心。上到山上，逢物便砍，自觉英雄无比。只是一到砍树，刃常常损缺。

在山上砍到一个多月，便有些油起来，活自然会干，更会的是休息。休息时常常远望，总能望到树王，于是不免与大家一起议论若满山是树时，树王如何放倒。方案百出，却不料终于也要砍到这样一棵大树。

这棵大树也像树王立在山顶，初时不显，待慢慢由山下砍上来而只剩山顶时，它便显出大来。但我发现，老职工们开始转移到山的另一面干活去了，不再在这里砍。知青们慢慢也都发觉，议论起来，认为是工时的原因。

这里每天砍山，下工前便由文书用皮尺丈量每人砍了多少面积,所报的成绩,便是这个内容。按理来说,树越大,所占的面积越大,但树大到一定程度,砍倒所费的工时便与面积不成比例。有经验的人,就借了各种原因,避开大树,去砍树冠大而树干细的树。眼看终于要砍这棵大树了,许多人就只去扫清外围。

这天,大家又上到山上,先纷纷坐下喘气休息,正闲聊间,李立站起来,捏了刀在手里,慢慢走近那棵大树,大家都不说话,只见李立围树走了一圈,把手拳在嘴前,看定了一个地方,举起刀,又抬头望望,重新选了一个地方,一刀砍下去。大家明白了,松了一口气,纷纷站起来,也走到大树近旁,看李立砍。

若要砍粗的树倒,便要破一个三角进去。树越粗,三角越大。李立要砍的这棵大树,上刀与下刀的距离,便有一公尺半的样子。有知青算了,若要树倒,总要砍出一立方的木头,而且大约要四天。大家兴致来了,都说合力来砍,不去计较工时,又公推由我负责磨刀,我自然答应下来,于是扛了四把砍刀,返身下山,回到队上。

狠狠地磨了三把刀,已近中午。正在磨第四把,忽然觉得有影子罩住我。抬头看时,是肖疙瘩双手抱了肩膀立在一边。见我停下，他弯下身去拾起一把磨好的刀，将右手拇指在锋上慢慢移一下，又端枪一样将刀平着瞄一瞄，点一点头，蹲下来，看看石头，问："你会磨刀？"我自然得意，也将手中的刀举起微微晃一晃，说："凑合。"肖疙瘩不说话，拿起一把磨好的刀，看到近旁有一截树桩，走过去，双手将刀略略一举，"嗖"地一下砍进去，又将右肩缩紧，刀便拔出来，肖疙瘩举起刀看一看刃，又只用右手一抡，刀便又砍进树桩，他松了手，招呼我说："你拔下来看刃。"我有些不解，但还是过去用双手将刀拔出。看刃时，吃了一惊，原来刃口小有损缺。肖疙瘩将手掌伸直，说："直直地砍进去，直直地拔出来，刃便不会缺。这刀的钢火脆，你用力歪了，刃便会缺，于是要再磨。这等于是不会磨刀。"我有些不舒服，便说："肖疙瘩，你什么时候剃胡子？"肖疙瘩不由摸摸下巴，说："早呢。"我说："这四把刀任你拿一把，若刮胡子痛了，我这左手由你切了去。右手嘛，我还要写字。"肖疙瘩用眼睛笑笑，撩一些水在石头上面，拿一把刀来磨，只十几下，便用手将刀上的水抹去，又提刀走到树桩前面，招呼我说："你在这里砍上一刀。"说着用手在刚才砍的地方下面半尺左右处一比。我走过去,接过刀,用力砍一下,不料刀刚一停,半尺长的一块木片便飞起来,在空中翻了一个斤斗,白晃晃地落在地上。自砍树以来,我从来没有两刀便能砍下这么大一块木头,高兴了,又两刀砍下一大块来。肖疙瘩摩一摩手,说:"你望一下刃。"我将刀举到眼前,刃无损缺,却发现刃的一侧被磨了不宽的一个面。我有些省悟,便点点头。肖疙瘩又将双手伸直合在一起,说:"薄薄的刃,当然快,不消说。"他再将手掌底沿连在一起,将上面分开,做成角形,说:"角子砍进去,向两边挤。树片能下来,便是挤下来的。即便刀有些晃,角子刃不会损。你要剃头吗?刃也还是快。"我笑了,说:"痛就砍你右手。"肖疙瘩仍用眼睛笑一笑,说:"好狠。"

我高兴了,说:"我这刀切菜最好了。"肖疙瘩说:"山上有菜吗?"我说:"反正不管怎么说,在快这一点上,你承认不承认我磨得好?"肖疙瘩想一想,不说话,伸手从腰后抽出一柄不长的刀来递给我。我拿过来,发现木刀把上还连着一条细皮绳,另一端系在身后。我问:"刀连着绳干什么?"肖疙瘩说:"你看看刃我再告诉你。"我将刀端起来一看,这刀原来是双面刃的，一面的刃很薄，一面的刃却像他刚才磨的样子。整个刀被磨得如电镀一般，刃面平平展展，我的脸映在上面，几乎不走样。我心下明白，刃面磨到这般宽而且平，我的功力还赶不上。再细看时，刃面上又有隐隐的一道细纹，我说："你包了钢了？"肖疙瘩点点头，说："用弹簧钢包的，韧得很。"我将拇指在刃上轻轻一移，有些发涩，知道刃已吃住皮，不禁赞叹说："老肖，这把刀卖给我了！"于是抬头认真地看着肖疙瘩。肖疙瘩又笑了，我忽然发现有些异样。原来肖疙瘩的上唇很紧，平时看不出来，一笑，上唇不动，只两片脸肉扯开，慢慢将嘴唇抻得很薄。我说："老肖，你的嘴动过手术吗？"肖疙瘩还未笑完，就几乎嘴唇不动地说："我这嘴磕破过，动了手术，就紧了。"我说："怎么磕得这么厉害？"肖疙瘩不笑了，声音清楚了许多，说："爬崖头。"我想起他当过兵，就问："侦察？"他望望我，说："哪个说？"我说："六爪。"他有些慌："小狗日的！他还说些哪样？"我说："怎么了？就说当侦察兵呀。"他想了想，看了看手，伸给我一只，说："苦得很，你摸摸，苦得很，大比武，苦得很。"我摸一摸肖疙瘩的手。这手极硬，若在黑暗中触到，认为是手的可能性极小。

而且这手的指头短而粗。肖疙瘩将手背翻过来,指甲极小,背上的肉也如一层石壳。肖疙瘩再将手拳起来,指关节便挤得颜色有些发浅。我推一推这拳头,心中一颤,不敢作声。

肖疙瘩忽然将两条胳膊伸直压在腿旁,全身挺直,一动不动,下巴收紧,几乎贴住脖子。又将腿直直地迈开向前走了两步,一碰脚跟,立定,把下巴伸出去,声音很怪而且短促,吼道:"是!出列!"两只眼睛,只有方向而无目标,吼完又将下巴贴回脖子。我木木地看着他,又见他全身一软,额头的光也收回去,眼睛细了,怪怪地笑着,却非常好看,说:"怎么样?正规训练!"我也兴奋了,说:"训练什么?"肖疙瘩将右手打在左掌上:"哪!擒拿,攀登,击拳,射击,用匕首。"我想象不出肖疙瘩会将脚跳来跳去地打拳,就说:"你拳打得好?"肖疙瘩看一下我,不说话,用左掌紧紧地推右拳,忽然蹲下去,同时将右拳平举过肩。待完全蹲下去时的一刹那,右拳也砸在磨刀的石头上,并不叫,站起来,指一下石头。我一看,不由得下巴松了,原来这石头断裂成两半。我拉过肖疙瘩的右手,沉甸甸的在手上察看,却不能发现痕迹。肖疙瘩抽回手,比出食指与中指,说:"要连打二十块。"我说:"到底是解放军。"肖疙瘩用手揉一下鼻子,说:"走,到我家去,另拿一块好石头你磨刀。"

我于是随肖疙瘩到他的草房去。到了,进去,房里很暗,肖疙瘩跪在地上探身到床底,抻出一块方石,又探身向床底寻了一会儿,忽然大叫:"六爪!"门口的小草棚里响动了一下,我回身一看,六爪已经赤脚蹿了进来,问:"整哪样?"肖疙瘩跪在地上,问:"那块青石呢?找来给叔叔磨刀。"六爪看一看我,眯起一只眼睛,用手招招,示意我凑近。我弯下腰,将脸移近他。他将手括在嘴上,悄悄地问:"有糖么?"我直起身,说:"没有了,明天去买来给你。"六爪说:"青石是明天才用么?"我料不到他会有这个心计,正要笑,肖疙瘩已经站起来,扬起右手,吼道:"小狗日的!找打么?"六爪急忙跑到门口,吸一下鼻子,哼着说:"你有本事,打叔叔么!青石我马上拿来,叔叔明天能买来糖?去县里要走一天,回来又是一天,好耍的地方叔叔能只待一天?起码四天!"肖疙瘩又吼道:"我叫你吃嘴巴子!"六爪"嗖"地一下不见了。

我心里很过意不去,便说:"老肖,别凶孩子,我找找看谁那里还有。"肖疙瘩眼睛柔和了,叹一口气,抻一下床单,说:"坐。孩子也苦。我哪里有钱给他买糖?再说人大了,山上能吃的东西多得很,自己找去吧。"
肖疙瘩平日不甚言语,但生产队小,各家情况,不需多日便可明了。肖疙瘩家有三口人,六爪之外,尚有肖疙瘩的老婆,每月挣二十几元。两人每月合有七十元,三人吃喝,却不知为什么过得紧紧巴巴。我坐在床上,见床单边沿薄而且透朽,细看图案,原来是将边沿缝拼作中间,中间换作边沿,仍在使用。一床薄被,隐隐发黄绿的面子,是军队的格式;两只枕头,形状古怪,非要用心,才会悟出是由两只袖子扎成。屋内无桌,一个自制木箱垫了土坯,摆在墙角,除此之外,家具便只有床了。看来看去,就明白一家的财产大约都在箱中,可箱上并无锁,又令人生疑其中没有什么。
我说:"老肖,你来农场几年了?"肖疙瘩进进出出地忙倒水,正要将一缸热茶递给我,听见问,仰头想想,短粗的手指略动动,说:"哪!九年了。"我接过缸子,吹一吹浮着的茶,水很烫,薄薄地吸一口,说:"这里这么多树,为什么不做些家具呢?"肖疙瘩摩一摩手,转一转眼睛,吸了一口气,却没有说话,又将气吐出来。

这时六爪将青石搬来。肖疙瘩将青石与方石摆在一起，又叫六爪打一些水来，从四把刀中拿出一把，先在方石上磨十几下，看一下，又在青石上缓缓地用力磨。几下之后，将手指放在刃上试试，在地上放好，正要再磨一把，忽然问："磨四把整哪样？"我将山上的事讲了一遍，肖疙瘩不再磨刀，蹲在地下，叹了一口气。我以为肖疙瘩累了，便放下缸子，蹲下去将剩下的两把刀磨好，说声："我上山去。"于是辞了肖疙瘩，走出门外。六爪在门口用那只异指挖鼻孔，轻轻叫一声："叔叔。"我明白他的意思，抚一下他的头，他便很高兴，钻到门口的小草棚里去了。

上到山上，远远见那棵大树已被砍出一大块浅处，我吆喝说："快刀来了！"大家跑过来拿了刀走近大树。我捏一把刀说："看我砍。"便上一刀、下一刀地砍。我尽量摆出老练的样子，不做拼力状，木片一块块飞起来，大家都喝彩。我得意了，停住刀，将刀伸给大家看，大家不明白有什么奥秘，我说："你们看刃。刃不缺损。你们再看，注意刃的角度。上一刀砍好，这下一刀在砍进的同时，产生两个力，这条斜边的力将木片挤离树干。这是科学。"李立将刀拿过去仔细看了，说："有道理。我来试试。"李立一气砍下去，大家呆呆地看。四把刀轮流换人砍，进度飞快。

到下午时，大树居然被砍进一半。李立高兴地说："我们今天把这棵树拿下来，创造一个纪录！"大家都很兴奋。我自告奋勇，将两把刀带下山去再磨。

下到山底时，远远望见肖疙瘩在菜地里，便对他喊说："老肖！那棵树今天就能倒了呢！"肖疙瘩静静地等我走到跟前，没有说话。我正要再说，忽然觉出肖疙瘩似在审视我的样子，于是将我的兴奋按下去，说："你不信吗？全亏了你的方法呢！"肖疙瘩目光散掉，仍不说话，蹲下去弄菜。我走回队里，磨刀时，远远见肖疙瘩挑一挑菜走过去。

四

快下工时，太阳将落入远山，天仍旧亮，月亮却已从另一边升起，极大而且昏黄。队上的其他人沿路慢慢走下山去，李立说："你们先回吧。我把这棵树砍倒再回去。"大家眼看大树要倒，都说倒了再回，于是仍旧轮流砍。大树干上的缺口已经很大而且深了，在黄昏中似乎比天色还亮。我想不会再要好久就会完工，于是觉出有尿，便离开大家找一个方便去处。山上已然十分静寂，而且渐生凉气，迎着昏黄的月亮走出十多步远，隐在草里，正在掏，忽然心中一紧，定睛望去，草丛的另一边分明有一个矮矮立着的人。月亮恰恰压在那人的肩上，于是那人便被衬得很暗。我镇定下来，一边问是哪个,一边走过去。

原来是肖疙瘩。

我这才觉出,肖疙瘩一直在菜地班,没有到山上来过,心中不免有突兀之感。我说:"老肖,收工了。"肖疙瘩转过头静静地看着我,并不说什么。我背过他,正在撒尿,远远听一阵呐喊,知道树要倒了,便急忙跳出草丛跑去看。

大家早都闪在一边。那大树似蜷起一只脚,却还立着,不倒,也无声息。天已暗下来,一树的枝叶黑成一片,呆呆地静着,傻了一般。我正纳闷,就听得啪啪两声,看时,树仍静着。又是三声,又是一声,树还静着,只是枝叶有些抖。李立向大树走了两步,大家都叫起来,李立便停住了。半晌,大树毫无动静,只那巨大的缺口像眼白一样,似乎是一只眼睛在暗中凝视着什么。李立动了一下,又是近前,猛然一片断裂声,有如一座山在咳嗽。树顶慢慢移动,我却觉得天在斜,不觉将腿叉开。树顶越移越快,叶子与细枝开始飘起来,树咳嗽得喘不上气来。天忽然亮了。

大家的心正随着沉下去,不料一切又都悄无声息。树明明倒了,却没有巨大的声响。大家似在做梦,奇怪极了,正纷纷要近前去,便听得背后短短的一声吼:"嗨!"

大家都回过身来,只见肖疙瘩静静地立着,闹不清是不是他刚才吼了一声。肖疙瘩见大家停住,便抬起脚迈草过来,不看大家,径直向大树走去。大家都跟上去,肖疙瘩又猛地转回身,竖起一只手,大家明白有危险,又都停下来。

肖疙瘩向大树走去,愈近大树,愈小心,没有声息。李立开始慢慢向前走,大家有些好奇而且胆怯,也慢慢向前走。

原来大树很低地斜在那里。细看时,才知道大树被无数的藤缠着,藤又被周围的树扯住。藤从四面八方绷住大树,抻得有如弓弦,隐隐有铮铮的响声。猛然间,天空中一声脆响,一根藤断了,扬起多高,慢慢落下来。大树晃动一下,惊得大家回身便走,远远停住,再回身看时,大树又不动了,只肖疙瘩一人在离树很近的地方立着。大家再也不敢近前,更不敢出声,恐怕喊动了那棵大树,天塌地陷,伤着肖疙瘩。

肖疙瘩静静地立着,许久,无声无息地在树旁绕,终于在一处停下来,慢慢从腰后抽出一把刀。我明白那便是有皮绳的那柄双面刃的刀。肖疙瘩微微曲下右腿，上身随之也向右倾，身体猛然一直，寒光一闪，那柄刀直飞上去，愈近高处，似乎慢了下来，还未等大家看清楚，一根藤早飞将起来，又斜斜地飘落，刚听到"啪"地一声响，一座山便晃动起来。大家急忙退开去，远远听得一片的断裂声，藤一根根飞扬起来，大树终于着地，顷刻间又弹跳起来，再着地，再跳一下，再跳一下，慢慢在暗影里滚动，终于停下来，一个世界不再有声响。

大家都呆了，说不出话，看肖疙瘩时，却找不着。正惊慌着，只见肖疙瘩从距原处一丈远的地方慢慢立起来。大家发一声喊，一拥而上，却又被肖疙瘩转身短短一吼止住了。肖疙瘩慢慢扯动皮绳，将刀从枝叶中收回来，前前后后查看着，时时手起，刀落时必有枝藤绷断，大树又微微动了几下，彻底平安下来。

我忽然觉得风冷，回过神来，才觉出一身凉汗，见大家也都有些缩头缩脑，开始有话，只是低低地说。肖疙瘩将刀藏回身上，望一望，说："下山吧。"便走开了。大家跟在肖疙瘩身后，兴奋起来，各有感叹，将危险渲染起来，又互相取笑着，慢慢下山。天更暗了，月亮不再黄，青白地照过来，一山的断树奇奇怪怪。

　　肖疙瘩没有话，下到山下，仍没有话。到了队上，远远见肖疙瘩家的门开着，屋内油灯的光衬出门口一个孩子，想必是六爪。肖疙瘩慢慢走回去，门口的孩子一晃不见了。

五

大家回到屋里，纷纷换衣洗涮，话题不离大树。我记起六爪要的糖，便问谁还有糖。大家都说没有，又笑我怎么馋起来了。我不理会，隔了竹笆问隔壁的女生，却只听见水响，无人答话。这边的人于是又笑我脸皮太厚。我说："肖疙瘩的六爪要一块糖，我答应了，谁有谁就拿一块，少他妈废话！"大家一下都不做声，慢慢又纷纷说没有了。我很后悔在大家聚到一起时讨糖。一个多月下来，大家已经尝到苦头，多辣的菜大家也敢吃，还嚷不够，又嫌没油，渍酸菜早已被女知青们做零食收着。从城里带来的零食很快变成金子，存有的人悄悄藏好。常常有人半夜偷偷塞一块糖在舌底下，五分钟蒙起头咽一下口水。老鼠是极机灵的生物，自然会去舔人。半夜若有谁惊叫起来并且大骂老鼠，大家便在肚里笑，很关心地劝骂的人含一只辣椒在嘴里以防骚扰。我在城里的境况不好，没有带来什么奢侈食品，只好将馋咽进肚里，狠狠地吃伙房的饭，倒也觉得负担小些。现在听到大家笑我馋与脸皮厚，自觉无趣，暗暗决定请假去县里给六爪买糖。

洗涮完毕，大家都去伙房打饭来吃。吃完毕，大家纷纷坐下来，就着一盏油灯东拉西扯，几个女生也过来闲扯。有人讲起以前的电影，强调着其中高尚的爱情关系，于是又有几个女生过来坐下听。我正在心中算计怎么请假，忽然觉得有人拉我一下，左右一看，李立向我点了一下头，自己走出去。我不知是什么事，爬起来跟出去。李立在月光下走到离草房远些，站住，望着月亮等我。我走近了，李立不看我，说："你真是为六爪要糖吗？"我觉得脖子粗了一下，慢慢将肚子里的气吐出，脸上开始懒起来，便不开口，返身就走。李立在后面叫："你回来。"我说："外面有什么意思？"李立跟上来，拉住我的手，我便觉得手中多了硬硬的两块。

我看看李立。李立不安了一下，说："也不是我的。"李立平日修身极严，常在思索，偶尔会紧张地独自喘息，之后咽一下，眼睛的焦点越过大家，慢慢地吐一些感想。例如"伟大就是坚定"，"坚定就是纯洁"，"事业的伟大培养着伟大的人格"。大家这时都不太好意思看着他，又觉得应该严肃，便沉默着。女知青们尤其敬佩李立，又不知怎么得到他的注意，有几个便不免用天真代替严肃，似乎越活岁数越小。我已到了对女性感兴趣的年龄，有时去讨好她们，她们却常将李立比在我上，暗示知识女性对我缺乏高尚的兴趣，令我十分沮丧。于是我也常常练着沉思，确实有些收益，只是觉得累，马脚又多。我想这糖大约是哪个女知青对他的心意，便不说什么，转身向远处肖疙瘩的草房走去。

月光照得一地惨白，到处清清楚楚，可我却连着让石头绊着。近到草房，发现门口的小草棚里有灯光，便靠近门向里望望，却见着六爪伏在一张小方桌上看什么，头与油灯凑得很近，身后生出一大片影子。影子里模模糊糊坐着两个人。六爪听到动静，睁眼向门口看来，一下认出是我，很高兴地叫："叔叔！"我迈进门，看清影子里一个人是队长，一个人是肖疙瘩的老婆。队长见是我,便站起来说:"你们在,我走了。"肖疙瘩的老婆低低地说:"你在吗,忙哪样?"我说:"我来看看。"队长不看我,嘴里含含糊糊地说了些什么,又慢慢扶着膝头坐下来。我忽然觉得气氛有些尴尬,好像走错了地方,想想手里的糖,就蹲下去对六爪说:"六爪,看什么?"六爪有些不好意思,弯出小小的舌头舔住下唇,把一本书推过来,肖疙瘩的老婆见我蹲下,忙把她屁股下的小凳递过来,说:"你坐,你坐。"我推让了一下,又去辨认六爪的书。肖疙瘩的老婆一边让着我,一边慌忙在各处寻座头,油灯摇晃起来。终于大家都坐下了,我也看出六爪的书是一本连环画,前后翻翻,没头没尾。六爪说:"你给我讲。"我便仔细地读图画下面的字,翻了几页,明白是《水浒》中宋江杀惜一段。六爪很着急地点着画问:"这一个男的一个女的在搞哪样?我认得,这个男的杀了这个女的,可为哪样?"这样的书在城里是"四旧",早已绝迹,不料却在这野林中冒出一本,且被昏暗的灯照着,有如极远的回忆。我忽然觉得革命的几年中原来是极累的,这样一个古老的杀人故事竟如缓缓的歌谣,令人从头到脚松懈下来。正说不出话,六爪忽然眯起一只眼，把小手放在我的手背上，笑着说："叔叔，你可是让我猜你手里是哪样东西？"我一下明白我的手一直拳着，也笑着说："你比老鼠还灵，不用猜。"说着就把手翻过来张开。六爪把肩耸起来，两只手慢慢举起来抓，忽然又把手垂下去，握住自己的脚腕，回头看一看他的母亲。队长和肖疙瘩的老婆一齐看着我手中的糖，都有些笑意，但都不说话。我说："六爪，这是给你的。"肖疙瘩的老婆急忙对我说："呀！你自己吃！"六爪看看我，垂下头。我把糖"啪"地拍在桌上，灯火跳了一跳，说："六爪，拿去。"六爪又看看他的母亲。肖疙瘩的老婆低低地说："拿着吧。慢慢吃。"六爪稳稳地伸出手，把糖拿起，凑近灯火翻看，闻一闻，把一颗糖攥在左手心，小心地剥另一颗糖，右手上那只异指翘着，微微有些颤。六爪将糖放进嘴里，闭紧了，呆呆地望着灯火，忽然扭脸看我，眼睛亮极了。

我问六爪："我们刚来时你吃到几颗？"六爪一下将糖吐在纸上，说："我爹不让我去讨别人的东西。"肖疙瘩的老婆笑着说："他爹的脾气犟，不得好死。"队长呆呆地看着六爪，叹一口气，站起来，说："老肖回来，叫他找我。"我问："老肖上哪儿啦？"六爪很高兴地说:"我爹去打野物。打了野物,托人去县上卖了,便有钱。"说完小心地将糖用原来的纸包好,一起攥在左手里。肖疙瘩的老婆一边留着队长,一边送队长出去。队长在门口停下来,忽然问:"老肖没有跟你们说什么吧?"我见队长看着我,但不明白问的什么意思,不自觉地摇摇头,队长便走了。

六爪很高兴地与我说东说西,我心里惦记着队长的意思,失了心思,也辞了六爪与他的母亲出来。

月光仍旧很亮,我不由站在场上,四下望望。目力所及的山上,树都已翻倒,如同尸体,再没有初来时的神秘。不知从什么地方空空隐隐地传来几声麂子叫,心里就想,也不知肖疙瘩听到没有,又想象着山上已经乱七八糟,肖疙瘩失了熟悉的路径,大约有些尴尬。慢慢觉得凉气钻到裤裆里,便回去睡觉。

六

山上的树木终于都被砍倒。每日早晨的太阳便觉得格外刺眼。队里的活计稀松下来,我于是请假去县里买糖块,顺便耍一耍。天还未亮,便起身赶十里山路去分场搭车。终于挤上一辆拖拉机,整整走了五个小时,方才到县里。一路上随处可见斩翻树木的山,如随手乱剃的光头,全不似初来时的景象。一车的人都在议论过不了半月,便可放火烧山,历年烧山都是小打小闹,今年一定好看。到了县上,自然先将糖买下,忍不住吃了几粒,不料竟似吃了盐一般,口渴起来,便转来转去地找水来喝。又细细地将县上几家饭馆吃遍,再买票看了一场电影,内容是将样板京戏放大到银幕上,板眼是极熟的,著名唱段总有人在座位上随唱,忽然又觉得糖实在好吃,免不了黑暗中又一粒一粒地吃起来,后来觉出好笑与珍贵,便留起来不再吃。这样荡了两天,才搭拖拉机回到山里。

沿着山路渐渐走近生产队,远远望见一些人在用锄锄什么。走近了,原来是几个知青在锄防火带,见我回来了,劈头就问:"买了什么好吃的东西?"我很高兴地说:"糖。"大家纷纷伸手讨吃。我说:"我是给六爪买的。"一个人便说:"肖疙瘩出事了。"我吃了一惊,问:"怎么?出了什么事?"大家索性搁了锄,极有兴趣地说起来。

原来肖疙瘩本是贵州的一个山民,年轻时从家乡入伍。部队上见他顽勇,又吃得苦,善攀登,便叫他干侦察。六二年部队练兵大比武,肖疙瘩成绩好,于是被提为一个侦察班长。恰在此时,境外邻国不堪一股残匪骚扰,便请求这边部队协助剿除。残匪有着背景,武器装备精良,要剿除不免需打几场狠仗,肖疙瘩的班极为精悍,于是被委为尖刀,先期插入残匪地区。肖疙瘩领着七八个人,昼夜急行,迂回穿插,摸到残匪司令部。这司令部建在一个奇绝的崖上,自然是重兵把守。可攀崖头是肖疙瘩的拿手好戏，于是领了战士，五十米直用手指头抠上去。残匪司令部当然料不到，枪响不到一声，已被拿下。肖疙瘩命手下人用残匪电台直呼自己部队，指挥部便有令让他将电台送回，其他的仗不要他打。肖疙瘩于是带了一个四川兵将电台扛回来。电台不是轻家伙，一路走得自然极累而且焦渴。偏偏一路山高无水，专找水源，又怕耽误命令。可巧就遇到一片橘林。四川兵是吃惯橘子的，便请求吃一两个。肖疙瘩初不肯答应，说是违反纪律。又想想部下实在不容易，就说："吃一个吧，放钱在树下。"待吃完才发现自己的钱邻国是不能用的，又无什么可以抵替，想想仅只一个橘子，就马虎了，赶路回来。战役大获全胜，部队集合。肖疙瘩一班人的作用是明摆着的，于是记集体一等功。征尘未及清扫，就脏兮兮地立在头排接受首长检阅。首长坐车一阵风地来了，趋前向战士们问好，战士们撼天动地地回答。首长爱兵如子，不免握手抚肩，为肖疙瘩的一班人舒展衣角。首长为那个四川兵做这些时，碰到他口袋里鼓鼓的一块，便很和蔼地笑问是什么。四川兵脸一下白掉，肖疙瘩叫四川兵回答首长询问。四川兵慢慢将那个东西掏出来。原来是个橘子！肖疙瘩当即血就上头了，不容分说，跨上一步，抬腿就是一脚。侦察兵的腿脚是好动的？四川兵当即腿骨折断，倒在地下。首长还未闹清怎么一回事，见肖疙瘩野蛮，勃然大怒，立即以军阀作风撤销肖疙瘩的一等功，待问明情由，又将一班的集体功撤销，整肃全军。肖疙瘩气得七窍生烟，想想委屈，却又全不在理，便申请复员。部队军纪极严，不留他，但满足了肖疙瘩不回原籍的请求。肖疙瘩背了一个处分，觉得无颜见山林父老，便到农场来，终日在大山里钻，倒也熟悉。只是渐渐不能明白为什么要将好端端的森林断倒烧掉，用有用的树换有用的树，半斤八两的账算不清，自然有些怀疑怨言。"文化大革命"一起，肖疙瘩竟被以坏人揪出来作为造反的功绩，罚种菜，不许干扰垦殖事业。日前我们砍的那棵大树，肖疙瘩下山后对支书说，不能让学生自己砍，否则要出危险。支书便说小将们愿意自己闯，而且很有成绩，上面也在表扬，不需肖疙瘩来显示关怀，又记起自己负有监督改造的责任，就汇报上面，把肖疙瘩的言语当作新动向。

我叹了，说："肖疙瘩也是，在支书面前说失职，支书当然面子上下不来。"另一个人说："李立也是抽风，说是要砍对面山上那棵树王，破除迷信。"大家都说李立多事，我也不以为然。说话间到了下班时间，大家便一路说着，问了我在县上如何耍，一路走回队上。

回到队上，未及洗涮，我就捏了糖去找六爪。六爪见了糖，欢喜得疯了，蹿来蹿去地喊母亲找东西来装，并且拿来两张糖纸给我看。我见糖纸各破有一个洞，不明白什么意思，六爪便很气愤地说："老鼠！老鼠！"骂完老鼠，又仔细地将糖纸展平夹进连环画里，说是糖纸上面有金的光，再破也是好的，将来自己做了工人有一把刀后，把这糖纸粘在刀把上，会是全农场最好的刀。肖疙瘩的老婆找来一只竹筒，六爪认为绝对不行，老鼠的牙连木箱都会咬破，竹子算什么？我忽然瞥见屋内有一只空瓶，便说老鼠咬不动玻璃。六爪一边称赞着，一边将糖一粒一粒地装进瓶里。瓶里装满了，桌上尚余三粒。六爪慢慢地推了一粒在我面前，忽然又很快地调换了一块绿的给我，说我那块是红的。又慢慢推了一粒在他母亲面前，说是让母亲吃。肖疙瘩的老婆将糖推给六爪，六爪想了想，又将糖推在小桌中央，说是留给父亲吃。我也将我的一块推到小桌中央。六爪看看，说："爹吃两块么？"我说："你有一瓶呢！"六爪省悟过来，将自己的一块也推到小桌中央。我看着六爪细细地将桌上微小的糖屑用异指粘进嘴里，说："你爸呢？"六爪并不停止动作，说："菜地。"我辞了母子二人出来，肖疙瘩的老婆连连问着价钱，我坚决不要她拿钱出来，肖疙瘩的老婆为难地说："六爪的爹知道了要骂，你拿些干笋去吧。"我又坚决不收，肖疙瘩的老婆便忧忧地看着我离开。

我打了饭回宿舍吃，大家又都问县里的见闻。仅过了两个多月，大家便有些土头土脑，以为山沟之外，都是饮食天堂，纷纷说等烧了山，一齐出去耍一下。李立并不加入谈话，第一个吃完，用水洗了碗筷，放好，双手支在床上坐着，打断大家对我说："你再磨几把刀吧。"我看看李立。李立换个姿势，将肘支在膝头，看着手说："我和支书说了，今天下午去砍树王。"有人说："下午还要锄防火带呢。"李立说："也不要多少人。刀磨快了，我想，叫上肖疙瘩，他还是把好手。"我慢慢嚼着，说："磨刀没有什么。可是，为什么非要砍树王呢？"李立说："它在的位置不科学。"我说："科学不科学，挺好的树，不可惜？"有人说："每天干的就是这个，可惜就别干了。"我想了想，说："也许队上的人不愿砍，要砍，早就砍了。"李立不以为然，站起来说："重要的问题是教育农民。旧的东西，是要具体去破的。树王砍不砍，说到底，没什么。可是，树王一倒，一种观念就被破除了，迷信还在其次，重要的是，人在如何建设的问题上将会思想为之一新，得到净化。"说完便不再说话，气氛有些严肃，大家便说些别的岔开。

我自然对磨刀有特殊的兴趣，于是快快将刀磨好。下午一出工，我和几个人便随李立上另一面的山上去砍树王。我去叫肖疙瘩，他的老婆说：丢下饭碗便走了，晓不得在哪里。六爪在床上睡觉，怀里还抱着那只装糖的瓶子。我们几个在队里场上走过，发现队里许多老职工立在自己家的草房前，静静地看着我们。李立叫了支书，支书并不拿刀，叫了队长，队长也不拿刀，大家一齐上山。

七

太阳依旧辣,山上飘着热气,草发着生生熟熟的味道。走到半山,支书站下,向山下队里大喊:"都去上工!都去上工!"大家一看,原来人们都站到太阳底下向我们望,听到支书喊,便开始走动。

走不到好久,便望到树王了。树王的叶子在烈日下有些垂,但仍微微动着,将空隙间的阳光隔得闪闪烁烁。有鸟从远处缓缓飞来,近了,箭一样射进树冠里去,找不到踪影。不一会儿,又忽地飞出一群,前后上下地绕树盘旋,叫声似乎被阳光罩住,干干的极短促。一亩大小的阴影使平地生风,自成世界,暑气远远地避开,不敢靠近。队长忽然迟疑着站住,支书也犹疑着,我们便超过支书和队长向大树走去。待有些走近了,才发现巨大的树根间,坐着一个小小的人。那人将头缓缓扬起,我心中一动:是肖疙瘩。

肖疙瘩并不站起来,将双肘盘在膝上,眼睛直直地望着我们,一个脸都是紧的。李立望望树,很随便地对肖疙瘩说:"老肖,上来了?"又望望树,说:"老肖,你说这树,从什么地方砍呢?"肖疙瘩于是只直直地望着李立,不说话,嘴紧紧地闭成一条线。李立招呼我们说:"来吧。"便绕开肖疙瘩,走到树王的另一侧,用眼睛上下打量了一下,扬起手中的刀。

肖疙瘩忽然说话了,那声音模糊而陌生:"学生,那里不是砍的地方。"李立转过头来看着肖疙瘩,将刀放下,有些惊奇地问:"那你说是哪儿呢?"肖疙瘩仍坐着不动,只把左手微微抬起,拍一拍右臂:"这里。"李立不明白,探过头去看,肖疙瘩张开两只胳膊,稳稳地立起来,站好,又用右手指住胸口:"这里也行。"大家一下省悟过来。

李立的脸一下白了,我也觉得心忽然跳起来,大家都呆住,觉得还是太阳底下暖和。

李立张了张嘴,没有说出什么。静了一静,咽一下,说:"老肖,不要开玩笑。"肖疙瘩将右手放下:"我晓不得开玩笑。"李立说:"那你说到底砍哪儿?"肖疙瘩又将右手指着胸口:"学生,我说过了,这里。"

李立有些恼了,想一想,又很平和地说:"这棵树砍不得吗?"肖疙瘩手不放下,静静地说:"这里砍得。"李立真的恼了,冲冲地说:"这棵树就是要砍倒!它占了这么多地方。这些地方,完全可以用来种有用的树!"肖疙瘩问:"这棵树没有用吗?"李立说:"当然没有用。它能干什么呢?烧柴?做桌椅?盖房子?没有多大的经济价值。"肖疙瘩说:"我看有用。我是粗人,说不来有什么用。可它长成这么大,不容易。它要是个娃儿,养它的人不能砍它。"李立烦躁地晃晃头,说:"谁也没来种这棵树。这种野树太多了。没有这种野树,我们早完成垦殖大业了。一张白纸,好画最新最美的图画。这种野树,是障碍,要砍掉,这是革命,根本不是养什么小孩!"

肖疙瘩浑身抖了一下,垂下眼睛,说:"你们有那么多树可砍,我管不了。"李立说:"你是管不了!"肖疙瘩仍垂着眼睛:"可这棵树要留下来,一个世界都砍光了,也要留下一棵,有个证明。"李立问:"证明什么？"肖疙瘩说："证明老天爷干过的事。"李立哈哈笑了："人定胜天。老天爷开过田吗？没有，人开出来了，养活自己。老天爷炼过铁吗？没有，人炼出来了，造成工具，改造自然，当然包括你的老天爷。"

肖疙瘩不说话，仍立在树根当中，李立微笑着，招呼我们。我们都松了一口气，提了刀，走近大树。李立抬起刀，说："老肖，帮我们把这棵树王砍倒吧。"肖疙瘩一愣，看着李立，似乎有些疑惑，随即平静下来。

李立举起刀，全身拧过去，刀从肩上扬起，寒光一闪，却梦一般，没有砍下的声响。大家眨一下眼，才发现肖疙瘩一双手早钳住李立的刀，刀离树王只有半尺。李立挣了一下。我心下明白，刀休想再移动半分。

李立狂吼一声："你要干什么？"浑身扭动起来，刀却生在肖疙瘩手上。肖疙瘩将嘴闭住，一个脸涨得青亮青亮的，筋在腮上颤动。大家"呀"地一声，纷纷退后，静下来。

寂静中忽然有支书的说话声："肖疙瘩！你疯了！"大家回头一看，支书远远地过来，队长仍站在原地，下巴垂下来，眼睛凄凄的。支书走近了，指一指刀："松开！"李立松开刀，退后了半步。肖疙瘩仍捏着刀，不说话，不动，立着。支书说："肖疙瘩，你够了！你要我开你的会吗？你是什么人，你不清楚？你找死呀！"说着伸出手："把刀给我？"肖疙瘩不看支书，脸一会儿大了，一会小了，额头渗出寒光，那光沿鼻梁漫开，眉头急急一颤，眼角抖起来，慢慢有一滴亮。

支书走开，又回过身，缓缓地说："老肖哇，你不是糊涂人。你那点子错误，说出天，在我手下，我给你包着。你种你的菜，树你管得了吗？农场的事，国家的事，你管得了吗？我一个屁眼大的官，管不了。你还在我屁眼里，你发什么疯？学生们造反，皇帝都拉下马了，人家砍了头说是有个碗大的疤。你砍了头，可有碗大的疤？就是有，你那个疤值几个钱？糊涂！老肖，这砍树的手艺，全场你最拿手，我知道，要不你怎么落个'树王'的称呼呢？你受罪，我也清楚。可我是支书，就要谋这个差事。你这不是给我下不来台吗？学生们要革命，要共产主义，你拦？"

肖疙瘩缓缓地松下来，脸上有一道亮亮的痕，喉咙提上去，久久不下来。我们都呆了，眼睛干干地定着，想不起眨。原来护着树根的这个矮小汉子，才是树王！心头如粗石狠狠擦了一下，颤颤的，脑后硬起来。

树
王

真树王呆呆地立着,一动不动,手慢慢松开,刀"哐当"一声落在树根上。余音沿树升上去,正要没有,忽然如哭声一般,十数只鸟箭一样,发一阵喊,飞离大树,鸟儿斜斜地沿山势滑飞下去,静静地又升起来,翅膀纷纷抖动,散乱成一团黑点,越来越小,越来越小。

李立呆呆地看看大家,精神失了许多。大家也你看看我,我看看你。支书不说话,过去把刀拾起来,交给李立。李立呆呆地看看刀,一动不动。

肖疙瘩慢慢与树根断开,垂着手,到了离大树一丈远的地方立下,大家却不明白他是怎么走过去的。

支书说:"砍吧,总归是要砍,学生们有道理,不破不立,砍。"回头招呼着:"队长,你过来。"队长仍远远站着,说:"你们砍,学生们砍。"却不过来。

李立抬起头,谁也不看,极平静地举起刀,砍下去。

八

  大树整整砍了四天，肖疙瘩也整整在旁边守了四天，一句话不说，定定地看刀在树上起落。肖疙瘩的老婆做了饭，叫六爪送到山上去，肖疙瘩扒了几口，不再吃，叫六爪回去拿些衣服来。六爪失了往日的顽皮，慌慌地回到队上。天一黑下来，六爪便和他的母亲坐在草房前向山上望着。月亮一天比一天晚出来，一天比一天残。队上的人常常在什么地方站下来，呆呆地听着传来的微微的砍伐声，之后慢慢地走，互相碰着了，马上低下头分开。

  我心中乱得很，搞不太清砍与不砍的是非，只是不去山上参加砍伐，也不与李立说话。知青中自有几个人积极得很，每次下山来，高声地说笑，极无所谓的样子，李立的眼睛只与他们交流着，变得动不动就笑，其余的人便沉默着，眼睛移开砍树的几个人。

第四天收工时，砍树的几个人下山来，高声在场上叫："倒喽！倒喽！"我心中忽然一松，觉出四天的紧张。李立进到屋里，找出笔墨，写一些字，再将写好字的纸贴在他的书箱上边。我仰在床上。远远望去，见到五个大字：我们是希望。其余的人都看到了，都不说话，该干什么干什么。

我晚上到肖疙瘩的草房去。肖疙瘩呆呆地坐在矮凳上，见我来了，慢慢地移眼看我，那眼极干涩，失了精神，模模糊糊。我心中一酸，说："老肖。"只四天，肖疙瘩头发便长出许多，根根立着，竟是灰白杂色；一脸的皱纹，愈近额头与耳朵便愈密集；上唇缩着，下唇松了；脖子上的皮松顺下去，似乎泄走一身力气。肖疙瘩慢慢垂下眼睛，不说话。我在床边坐下，说："老肖。"转脸看见门口立着六爪与他的母亲，便招呼六爪过来，六爪看着他的父亲，慢慢走到我身边，轻轻靠着，一直看着自己的父亲。

肖疙瘩静静地坐着，慢慢地动了一下，缓缓转身打开箱子,在杂物中取出一个破本,很专心地看。我远远望去,隐约是一些数字。六爪的母亲见肖疙瘩取出本子,便低头离开门口到小草棚去。我坐了一会儿,见肖疙瘩如无魂的一个人,只有悄悄回来。

九

防火带终于锄好,队长宣布要烧山了,嘱咐大家严密注意着,不要自己的草房生出意外。

太阳将要落山,大家都出来站在草房前。队长和几个老职工点了火把,沿山脚跑动着,隔一丈点一下。不一刻,山脚就连成一条火线,劈劈啪啪的声音传过来。忽然风起了,我扭头一望,太阳沉下山峰,只留亮亮的天际。风一起,山脚的火便振奋起来,急急地向山上跑。山下的火越大,山头便愈黑。树都静静躺着,让人替它们着急。

火越来越大,开始有巨大的爆裂声,热气腾升上去,山颤动起来。烟开始逃离火,火星追着烟,上去十多丈,散散乱乱。队长几个人围山跑了一圈回来，喘着气站下看火。火更大了，轰轰的，地皮抖起来，草房上的草刷刷地响。突然一声巨响，随着嘶嘶的哨音，火扭作一团，又猛地散开。大家看时，火中一棵大树腾空而起，飞到半空，带起万千火星，折一个斤斗，又落下来，溅起无数火把，大一些的落下来，小一些的仍旧上升，百十丈处，翻腾良久，缓缓飘下。火已烧到接近山顶，七八里长的山顶一线，映得如同白昼。我忽然心中一动，回头向肖疙瘩的草房望去，远远见到肖疙瘩一家人蹲在房前。我想了想，就向肖疙瘩的草房走去。场上此时也映得如同白昼，红红的令人疑心烫脚。我慢慢走到肖疙瘩一家人前，他们谁也不看我，都静静地望山上。我站下来，仰头望望天空。天空已成红紫，火星如流星般穿梭着。

忽然六爪尖声叫起来："呀！麂子！麂子！"我急忙向火中用眼搜寻，便见如同白昼的山顶，极小的一只麂子箭一般冲来冲去，时时腾跃起来，半空中划一道弧，刚一落地，又扭身箭一样地跑。队上的人这时都发现了这只麂子，发一片喊声，与热气一道升上去散开。火将山顶渐渐围满，麂子终于不动，慢慢跪了前腿，头垂下去。大家屏住气，最后看一眼那麂子，不料那生灵突然将身耸起，头昂得与脖子成一竖直线，又慢慢将前腿抬起，后腿支在地上，还没待大家明白，便箭一样向大火冲去，蹬起一串火星，又高高地一跃，侧身掉进火里，不再出现。大火霎时封了山顶，两边的火撞在一起，腾起几百丈高，须仰视才见。那火的顶端，舐着通红的天底。我这才明白，我从未真正见过火，也未见过毁灭，更不知新生。

山上是彻底地沸腾了。数万棵大树在火焰中离开大地，升向天空。正以为它们要飞去，却又缓缓飘下来，在空中互相撞击着，断裂开，于是再升起来，升得更高，再飘下来，再升上去，升上去，升上去。热气四面逼来，我的头发忽地一下立起，手却不敢扶它们，生怕它们脆而且碎掉，散到空中去。山如烫伤一般，发出各种怪叫，一个宇宙都惊慌起来。

忽然，震耳的轰鸣中，我分明听见有人的话语："冷。冷啊。回去吧。"看时，六爪的母亲慢慢扶着肖疙瘩，肖疙瘩一只手扶着六爪，三个人缓缓向自己的草房里去了。我急忙也过去搀扶肖疙瘩，手摸上去，肖疙瘩的肋下急急地抖着，硬硬软软，似千斤重，忽又轻不及两,令人恍惚。

肖疙瘩在搀扶下,进到屋里,慢慢躺在床上,外面大火的红光透过竹笆的缝隙,抖动着在肖疙瘩的身上爬来爬去。我将肖疙瘩的手放上床,打得碎石头的手掌散着指头,粉一样无力,烫烫的如一段热炭。

十

这之后,肖疙瘩便一病不起。我每日去看他,日见其枯缩。原来十分强悍而沉默的一个汉子,现在沉默依旧,强悍却渐渐消失。我连连劝他不要因为一棵树而想不开。他慢慢地点头,一双失了焦点的眼睛对着草顶,不知究竟在想什么。六爪不再顽皮,终日帮母亲做事,闲了,便默默地翻看残破了的宋江杀惜的书,来来回回地看,极其认真;或者默默地站在父亲身边,呆呆地看着父亲。肖疙瘩只有在儿子面前,才渗出一些笑容,但无话,只静静地躺着。

队上的人都有些异样,只李立几个人仍旧说笑,渐渐有些发颠。队长也常常去看肖疙瘩,却默默无言,之后慢慢离去。队上的老职工常常派了女人与孩子送些食物，也时时自己去，说几句话，再默默离去。大火烧失了大家的精神，大家又似乎觉得要有个结果，才得寄托。

半月后，一天，我因病未去出工，身子渐渐有些发冷，便拿了一截木头坐在草房外面晒太阳。十点钟的太阳就开始烫人，晒了一会儿，觉得还是回去的好。正转身要进门里，就听见六爪的声音："叔叔，我爹叫你去。"回头一看，六爪用异指勾弄着衣角站在场中。我随了六爪到他家。一进门，见肖疙瘩斜起上身靠在床上，不觉心中一喜，说："呀！老肖，好多了吗？"肖疙瘩扬起手指，示意我坐在床边。我坐下了，看着肖疙瘩，肖疙瘩仍旧枯缩，极慢地说，没有喉音："我求你一件事，你必要答应我。"我赶紧点头。肖疙瘩停一停，又说："我有一个战友，现在四川，在部队上残废了，回家生活苦得很，这自然是我对不住他。我每月寄十五元给他，月月不敢怠慢。现在我不行了——"我心下明白，急忙说："老肖，你不要着急，我有钱，先寄给他——"肖疙瘩不动，半天才有力气再说："不是要你寄钱。我的女人与娃儿不识字，我不行了，要写一封书信给他,说我最后还是对不起他,请他原谅我先走了——"我呆了,心紧紧一缩,说不出话。肖疙瘩叫六爪过来,让他从箱里取出一个信封,黄皮纸,中间一个红框格。上面有着四川的地址。我仔细收好,点点头,说:"老肖,你放心,我误不了事。"转头一看,却噤声不得。

肖疙瘩头歪向一边,静静地斜垂着,上唇平平的,下唇掉下来,露出几点牙齿。我慌了,去扶,手是冰凉的。我刚要去叫六爪的母亲,想想不行,便将身挡住肖疙瘩,叫六爪去喊他的母亲。

六爪和他的母亲很快便来了。肖疙瘩的老婆并不十分惊慌,长长叹一口气,与我将肖疙瘩摆平。死去的肖疙瘩显得极沉,险些使我跌一下。之后,这女人便在床边静静地立着。六爪并不哭,紧随母亲立着,并且摸一摸父亲的手。我一时竟疑惑起来,搞不清这母子俩是不是明白肖疙瘩已经死去,何无忧伤?何无悲泣?

六爪立了一会儿,跌跌地转身去小草棚里拿来那本残书,翻开,拣出两张残破的糖纸,之后轻轻地将糖纸放在父亲的手中,一边一张。阳光透过草顶的些微细隙,射到床上,圆圆的一粒一粒。其中极亮的一粒,稳稳地横移着,极慢地检阅着肖疙瘩的脸。那圆点移到哪里,哪里的肉便如活起来,幽幽地闪光,之后又慢慢熄灭下去。

支书来了,在肖疙瘩身旁立了很久,呆呆的不说话,之后痴痴的出去。队上人都来望了。李立几个人也都来看了,再也无笑声,默默地离去,肖疙瘩的老婆与队上说要土葬,讲这是肖疙瘩生前嘱咐给她的。

队长便派工用厚厚的木板制了一副棺材。葬的地方肖疙瘩也说过,就在离那棵巨树一丈远的地方。大家抬了棺材,上山,在树桩根边挖了坑,埋了。那棵巨树仍仰翻在那里,断口刀痕累累,枝叶已经枯掉,却不脱落,仍有鸟儿飞来立在横倒的树身上栖息。六爪在父亲的坟前将装糖的瓶子立放着,糖粒还有一半,被玻璃隔成绿色。

当天便有大雨。晚上息了一下,又大起来,竟下了一个星期才住。烧过的山上的木炭被雨水冲下来,黑黑的积得极厚。一条山沟里,终日弥漫着酸酸的味道,熏得眼睛流泪。雨住了,大家上山出工。一座山秃秃的,尚有未烧完的大树残枝,黑黑的立着,如同宇宙有箭飞来,深深射入山的裸体,只留黑羽箭尾在外面。大家都有些悚然,倚了锄呆呆地望,一星期的大雨,这里那里竟冒出一丛丛的草,短短的立着,黄黄绿绿。忽然有人叫起来:"看对面山上!"大家一齐望过去,都呆住了。

远远可见肖疙瘩的坟胀开了,白白的棺木高高地托在坟土上,阳光映成一小片亮。大家一齐跑下山,又爬上对面的山,慢慢走近。队长哑了喉咙,说:"山不容人啊!"几个胆大的过去将棺材抬放到地上。大家一看,原来放棺材的土里,狠狠长出许多乱乱的短枝。计算起来,恐怕是倒掉的巨树根系庞大,失了养料的送去处,大雨一浇,根便胀发了新芽,这里土松,新芽自然长得快。那玻璃瓶子里糖没有了,灌满了雨水,内中淹死了一团一团的蚂蚁。

队长与肖疙瘩的寡妇商议火化。女人终于同意。于是便在山顶上架起一人高的柴火,将棺材放在上面,从下面点着,火慢慢烧上去,碰了棺材,便生有黑烟。那日无风,黑烟一直升上去,到百多米处,忽然打一个团,顿了一下,又直直地升上去,渐渐淡没。

肖疙瘩的骨殖仍埋在原来的葬处。这地方渐渐就长出一片草，生白花。有懂得的人说：这草是药，极是医得刀伤。大家在山上干活时，常常歇下来望，便能看到那棵巨大的树桩，有如人跌破后留下的疤；也能看到那片白花，有如肢体被砍伤，露出白白的骨。

孩子王

一

一九七六年,我在生产队已经干了七年。砍坝,烧荒,挖穴,挑苗,锄带,翻地,种谷,喂猪,脱坯,割草,都已会做,只是身体弱,样样不能做到人先。自己心下却还坦然,觉得毕竟是自食其力。

一月里一天,队里支书唤我到他屋里。我不知是什么事,进了门,就蹲在门槛上,等支书开口。支书远远扔过一支烟来,我没有看见,就掉在地上,发觉了,急忙捡起来,抬头笑笑。支书又扔过火来,我自己点上,吸了一口,说:"'金沙江'?"支书点点头,呼噜呼噜地吸他自己的水烟筒。

待吸完了水烟,支书把竹筒斜靠在壁上,掸着一双粗手,又擤擤鼻子,说:"队里的生活可还苦得?"我望望支书,点点头。支书又说:"你是个人才。"我吓了一跳,以为支书在调理我,心里推磨一样想了一圈儿,并没有做错什么事,就笑着说:"支书开我的玩笑。有什么我能干的活,只管派吧,我用得上心。"支书说:"我可派不了你的工了。分场调你去学校教书,明天报到。到了学校,要好好干,不能辜负了。我家老三你认得,书念得吃力,你在学校,扯他一把,闹了就打,不怕的,告诉我,我也打。"说着就递过一张纸来,上面都明明白白写着,下面有一个大红油戳,证明不是假的。

我很高兴,离了支书屋里,回宿舍打点铺盖。同屋的老黑,正盘腿在床上挑脚底的刺,见我叠被卷褥子,并不理会,等到看我用绳捆行李,才伸脖子问:"搞哪样名堂?"我稳住气,轻描淡写了一番。老黑一下蹦到地上,一边往上提着裤子,一边嚷:"我日你先人!怎么会让你去教书?"我说:"我怎么知道?上边来了通知,写得明白。难道咱们队还有哪个和我重名重姓?"老黑趿拉上两只鞋,拍着屁股出去了。

一会儿,男男女女来了一大帮,都笑嘻嘻地看着我,说你个龟儿时来运转,苦出头了,美美地教娃娃认字,风吹日晒总在屋顶下。又说我是蔫土匪,逼我说使了什么好处打通关节,调到学校去吃粮。我很坦然,说大家尽可以去学校打听,我若使了半点好处,我是——我刚想用上队里的公骂,想想毕竟是要教书了,嘴不好再野,就含糊一下。

大家都说,谁要去查你,只是去了不要忘了大家,将来开会、看电影路过学校,也有个落脚之地。我说当然。

老黑说:"锄头、砍刀留给我吧,你用不着了。"我很舍不得,嘴里说:"谁说用不着了?听说学校每星期也要劳动呢。"老黑说:"那种劳动,糊弄鸡巴。"我说:"锄你先拿着,刀不能给。若是学校还要用锄,我就来讨。"老黑很不以为然,又说:"明天报到,你今天打什么行李?想快离了我们?再睡一夜明天我送你去。"我也好笑,觉得有点儿太那个,就拆了行李,慢慢收拾。大家仍围了说笑,感叹着我中学上了四年,毕竟不一样。

当晚,几个平时要好的知青,各弄了一些菜,提一瓶酒,闹闹嚷嚷地喝,一时我成了人人挂在嘴边的人物,好像我要去驻联合国,要上月球。要吃香的喝辣的了。

喝了几口苞谷酒,心里觉得有些恋恋的,就说:"我虽去教书,可将来大家有什么求我,我不会忘了朋友。再说将来大家结婚有了小娃,少不了要在我手上识字,我也不会辜负了大家的娃娃。"大家都说当然。虽然都是知青,识了字的来抡锄,可将来娃娃们还是要识字,不能瞎着眼接着抡锄。

在队里做饭的来娣,也进屋来摸着坐下,眼睛有情有意地望着我,说:"还真舍不得呢!"大家就笑她,说她见别人吃学校的粮了,就来叙感情,怕是想调学校去做饭了。来娣就叉开两条肥腿,双手支在腰上,头一摆,喝道:"别以为老娘只会烧火,我会唱歌呢。我识得简谱,怎么就不可以去学校教音乐?'老杆儿',"我因为瘦,所以落得这么个绰号,"你到了学校,替我问问。我的本事你晓得的,只要是有谱的歌,半个钟头就叫他一个学校唱起来!"说着自己倒了一杯酒,朝我举了一下,说:"你若替老娘办了,我再敬你十杯!"说完一仰脖,自己先喝了。老黑说:"咦?别人的酒,好这么喝的?"来娣脸也不红,把酒杯一顿,斜了老黑一眼:"什么狗尿,这么稀罕!几个小伙子,半天才抿下一个脖子的酒,怕是没有女的跟你们做老婆。"大家笑起来，纷纷再倒酒。

夜里，老黑打了一盆水，放在我床边，说："洗吧。"我瞧瞧他，说："嗬！出了什么怪星星，倒要你来给我打水？"老黑笑笑，躺在床上，扔过一支烟，自己也点着一支，说："唉，你是先生了嘛。"我说："什么先生不先生，天知道怎么会叫我去教书！字怕是都忘了怎么写，去了不要闹笑话。"老黑说："字怎么会忘！这就像学凫水，骑单车，只要会了，就忘不掉。"我望着草顶，自言自语地说："墨是黑下一个土。的是名词、形容词连名词，地是形容词连动词，得是——得是怎么用呢？"老黑说："别穷叨叨啦，知道世上还有什么名词形容词就不错，就能教，我连这些还不知道呢。我才算上了小学就来这儿了，上学也是念语录，唉，不会有出息啦！"看时间不早，我们就都睡下。我想了许久，心里有些紧张，想不通为什么要我去教书，又觉得有些得意，毕竟有人看得起，只是不知是谁。

第二天一早，漫天的大雾，山沟里潮冷潮冷的。我穿上一双新尼龙丝袜，脚上茧子厚，扯得袜子咂拉咂拉响，又套上一双新解放鞋，换了一身干净裤褂，特意将白衬领扯高一些，搽一搽手脸，准备上路。我刚要提行李，老黑早将行李卷一下甩到肩上，又提了装脸盆杂物的网兜。我实在过意不去，就把砍刀抢在手里，一起走出来。

场上大家正准备上山干活，一个个破衣烂衫，脏得像活猴，我就有些不好意思，想低了头快走。大家见了，都嚷："你个憨包，还拿砍刀干什么？快扔了，还不学个教书的样子？"我反而更捏紧了刀，进出一股力，只一挥，就把路边一株小臂粗的矮树棵子斜劈了。大家都喝彩，说："学生闹了，就这么打。"我举刀告别，和老黑上路。

队上离学校只十里山路，一个钟头便到了。望见学校，心里有些跳，刀就隐在袖管里，叫住人打听教务处在哪儿。

有人指点了，我们走过去，从没遮拦的窗框上向里张望。里面有人发觉了，就出来问："你是来报到的吗？"我点点头，他便招我进去。

我和老黑进去，那人便很热情地招呼座位和热水。屋里还有两位女同志，想来是老师，各坐在木桌上一本一本地改什么，这时都抬了头望我，上上下下地打量。我和老黑坐下不由得也打量一下这间办公室，只见也是草房,与队上没什么两样,只是有数张桌子。招呼我们的人就笑眯眯地说,带很重的广东腔:"还好吧?我们昨天发了通知,你来得好快。我们正好缺老师上课,前几天一个老师调走了,要有人补他的课。我们查了查,整个分场知青里只剩下你真正上过高中,所以调你来。还好吧?"我这才明白了原由,就说:"高中我才上过一年就来了,算不得上过。这书,我也没教过,不知教得了教不了。您怎么称呼呢?"那人笑一笑,说:"我叫陈林呢,就叫我老陈好了。教书嘛,也不是哪个生来就会,在干中学嘛。"我说:"怕误人子弟呢。"老陈说:"不好这么说。来,喝水,喝水。"我忘了袖里还有一把刀,伸手去接水碗,刀就溜出来掉在地上,"哐当"一声。窗户上就有孩子在笑。原来上课时间未到,许多学生来看新老师。我红了脸,拾起刀,靠在桌子边上,抬起头,发现老陈的桌上有一本小小的《新华字典》。老陈见了,说:"好。学校里也要劳动,你带了就好。"老黑说:"学校还劳什么动?"老陈说:"咦?学校也要换茅草顶,也要种菜,也要带学生上山干活呢!"我说:"怎么样?老黑,下回来,把锄带来给我。"老黑摸摸脸,不吭声。

老陈与我们说了一会儿话，望望窗外立起身来说：
"好吧，我们去安排一下住处？"我和老黑连忙也立起
身，三个人走出来。大约是快开始上课了，教室前的
空地上学生们都在抓紧时间打闹，飞快地跑着，尖声
尖气地叫。我脱离学校生活将近十年，这般景象早已
淡忘，忽然又置身其中，不觉笑起来，叹了一口气。
老黑愣着眼，说："哼，不是个松事！"老陈似无所见
似无所闻，只在前面走，两个学生追打到他跟前，他
出乎意料地灵巧，一闪身就过了，跑在前面的那个学
生反倒一跤跌翻在地，后面的学生骑上去，两个人扭
在一起，叫叫嚷嚷，裤子脱下一截。

教室草房后面，有一长排草房，房前立了五棵木桩，
上面长长地连了一条铁线，挂着被褥，各色破布和一
些很鲜艳的衣衫。老陈在一个门前招手，我和老黑走
过去。老陈说："这间就是你的了，床也有，桌椅也
有。收拾收拾，住起来还好。"我钻进去，黑黑的先是
什么也看不清，慢慢就辨出一块五六平方米的间隔来。
只见竹笆壁上糊了一层报纸，有的地方已经脱翻下来，
一张矮桌靠近竹笆壁，有屉格而无抽屉，底还在，可
放书物。桌前的壁上贴了一些画片，一张年历已被撕

坏,李铁梅的身段竖着没了半边,另半边擎着一只红灯。一地乱纸,一只矮凳仰在上面。一张极粗笨的木床在另一边壁前,床是只有横档而无床板。我抬头望望屋顶,整个草房都是串通的,只是在这一个大草顶下,用竹笆隔了许多小间,隔壁的白帐顶露出来,已有不少蛛网横斜着,这格局和景象与生产队上并无二致。我问老陈:"不漏吗?"老陈正笑眯眯地四下环顾,用脚翻捡地上的纸片,听见问,就仰了脖看着草顶上说:"不漏,去年才换的呢。就是漏,用棍子伸上去拨一拨草,就不漏了。"

老黑把行李放在桌上,走过去踢一踢床,恨恨地说:"真他妈一毛不拔,走了还把竹笆带走。老陈,学校可有竹笆?有拿来几块铺上。"老陈很惊奇的样子,说:"你们没带竹笆来吗?学校没有呢。这床架是公家的,竹笆都是私人打的,人家调走,当然要带走。这桌,这椅,是公家的,人家没带走嘛。"老黑瞧瞧我,摸一摸头。我说:"看来还得回队上把我床上的竹笆拿来。"老黑说:"好吧,连锄一起拿来,我还以为你会享了福呢。"我笑笑,说:"都是在山沟里,福能享到哪儿去呢?"老陈说:"你既带了刀,到这后边山上砍一根竹子,剖开就能用。"我说:"新竹子潮,不好睡,还是拿队上我的吧。"

前面学校的钟响了,老陈说:"你们收拾一下,我去看看。"就钻出门,甩着胳膊去了。我和老黑将乱纸扫出屋外,点一把火烧掉,又将壁上的纸整整齐,屋里于是显得干净顺眼。我让老黑在凳上歇,他不肯,坐到桌上让我坐凳。我心里畅快了,递给老黑一支烟,自己叼了一支,都点着了,长长吐出一口,慢慢坐在凳上,不想一跤翻在地上。坐起来一看,凳的四只脚剩了三只,另一只撇在一边。老黑笑得浑身乱颤,我看桌子也晃来晃去,连忙爬起,叫老黑下来,都坐到床档上。

二

　　上午收拾停当,下午便开始教书了。老陈叫我去,交给我一个很脏的课本和一盒粉笔,还有红、蓝墨水,一支蘸水钢笔,一个备课本。老陈说:"课本不要搞丢,丢了,不好再找。"我见课本实在脏得可以,已被折得很软,捏在手里沉甸甸的有些凉,翻开,当中用铅笔钢笔批注了许多,杂以粉笔灰,便有些嫌恶,说:"这是谁的课本?没有病吧?"办公室里几个女教师笑起来,说:"当然有病。"我看看她们,见她们面前的书本都干干净净,就自己捏住书脊抖。老陈也笑起来,说:"哪里有病?走了的李老师有些马虎,不太注意就是了。可他课本没有搞丢,就不容易了。你看,这是课表。"

说着递给我一张纸。我看看,心里一颤,说:"怎么?教初三?我高中才念了一年,如何能教初三?"老陈笑眯眯地说:"怎么不能教?教就是了,不难的。"我坚决推辞,说了无数理由,其中主要是学历太浅。老陈摸摸桌子,说:"那谁教呢?我教?我才完小毕业,更不行了。试一试吧?干起来再说。"我又说初三是毕业班,升高中是很吃功夫的。老陈说:"不怕。这里又没有什么高中,学完就是了,试一试吧。"我心里打着鼓,便不说话。老陈松了一口气,站起来,说:"等一下上课,我带你去班里。"我还要辩,见几位老师都异样地看着我,其中一个女老师说:"怕哪样?我们也都是不行的,不也教下来了么?"我还要说,上课钟响了,老陈一边往外走,一边招我随去。我只好拿了一应教具,慌慌地跟老陈出去。

老陈走到一间草房门前,站下,说:"进去吧。"我见房里很黑,只有门口可见几个学生在望着我,便觉得如同上刑,又忽然想起来,问:"教到第几课了?"老陈想一想,说:"刚开学,大约是第一课吧。"这时房里隐隐有些闹,老陈便进去,大声说:"今天,由新老师给你们——不要闹,听见没有?闹是没有好下场的！今天，由新老师给你们上课，大家要注意听！"说着就走出来。我体会该我进去了，便一咬牙，一脚迈进去。

刚一进门，猛然听到一声吆喝："起立！"桌椅乒乒乓乓响，教室里立起一大片人。我吃了一惊，就站住了。又是一声吆喝，桌椅乒乒乓乓又响，一大片人又纷纷坐下。一个学生喊："老师没叫坐下，咋个坐下了？"桌椅乒乒乓乓再响起来，一大片人再站起来。我急忙说："坐下了。坐下了。"学生们笑起来，乒乒乓乓坐下去。

我走到黑板前的桌子后面，放下教具，慢慢抬起头，看学生们。

山野里很难有这种景象，这样多的蓬头垢面的娃子如分吃什么般聚坐在一起。桌椅是极简陋的，无漆，却又脏得露不出本色。椅是极长的矮凳，整棵树劈成，被屁股们蹭得如同敷蜡。数十只眼睛亮亮地瞪着。前排的娃子极小，似乎不是上初三的年龄；后排的却已长出胡须，且有喉结。

我定下心，清一清喉咙，说："嗯。开始上课。你们已经学到第几课了呢？"话一出口，心里虚了一下，觉得不是老师问的话。学生们却不理会，纷纷叫着："第一课！第一课！该第二课了。"我拿起沉甸甸的课本，翻到第二课，说："大家打开第四页。"却听不到学生们翻书的声音，抬头看时，学生们都望着我，不动。我说："翻到第四页。"学生们仍无反应。我有些不满，便指了最近的一个学生问："书呢？拿出来，翻到第四页。"这个学生仰了头问我："什么书？没得书。"学生们乱乱地吵起来，说没有书。我扫看着，果然都没有书，于是生气了，"啪"地将课本扔在讲台上，说："没有书？上学来，不带书，上的哪样学？谁是班长？"于是立起一个瘦瘦的小姑娘，头发黄黄的，有些害怕地说："没有书。每次上课，都是李老师把课文抄在黑板上，教多少，抄多少，我们抄在本本上。"我呆了，想一想，说："学校不发书吗？"班长说："没有。"我一下乱了，说："哈！做官没有印，读书不发书。读书的事情，是闹着玩儿的？我上学的时候，开学第一件事，便是领书本，新新的，包上皮，每天背来，上什么课，拿出什么书。好，我去和学校说，这是什么事！"说着就走出草房，背后一下乱起来，我返身回去，说："不要闹！"就又折身去找老陈。

老陈正在仔细地看作业,见我进来,说:"还要什么?"我沉一沉气:"我倒没忘什么,可学校忘了给学生发书了。"老陈笑起来,说:"呀,忘了,忘了说给你。书是没有的。咱们地方小,订了书,到县里去领,常常就没有了,说是印不出来,不够分。别的年级来了几本,学生们伙着用,大部分还是要抄的。这里和大城市不一样呢。"我奇怪了,说:"国家为什么印不出书来?纸多得很嘛!生产队上一发批判学习材料就是多少,怎么会课本印不够?"老陈正色道:"不要乱说,大批判放松不得,是国家大事。课本印不够,总是国家有困难,我们抄一抄,克服一下,嗯?"我自知失言,嘟囔几下,走回去上课。

进了教室,学生们一下静下来,都望着我。我拿起课本,说:"抄吧。"学生们纷纷拿出各式各样的本子,翻好,各种姿势坐着,握着笔,等着。

我翻到第二课,捏了粉笔,转身在黑板上写下题目,又一句一句地写课文。学生们也都专心地抄。远处山上有人在吆喝牛,声音隐隐传来,我忽然分了心,想那牛大约是吃了什么不该吃的东西,被人赶开。我在队上放过不少时间的牛。牛是极犟的东西,而且有气度,任打任骂，慢慢眨着眼吃它想吃的东西。我总想，大约哲学家便是这种样子，否则学问如何做得成功？但"哲学家"们也有慌张的时候，那必是我撒尿了。牛馋咸，尿咸，于是牛们攒头攒脑地聚来接尿吃，极是快活。我甚至常憋了尿，专门到山上时喂给牛们，那是一滴也不会浪费的。凡是给牛喂过尿的，牛便死心塌地地听你吆喝，敬如父母。我也常常是领了一群朋党，快快乐乐以尿做领袖。

忽然有学生说："老师，牛下面一个水是什么字？"我醒悟过来，赶忙擦了，继续写下去。

一个黑板写完，学生们仍在抄，我便放了课本，看学生们抄，不觉将手抄在背后，快活起来，想：学生比牛好管多了。

一段课文抄完，自然想要讲解，我清清喉咙，正待要讲，忽然隔壁教室歌声大作，震天价响，又是时下推荐的一首歌，绝似吵架斗嘴。这歌唱得屋顶上的草也抖起来。我隔了竹笆缝望过去，那边正有一个女教师在鼓动着，学生们大约也是闷了，正好发泄，喊得地动山摇。

我没有办法，只好转过身望着学生们。学生们并不惊奇，开始交头接耳，有些兴奋，隔壁的歌声一停，我又待要讲，下课钟就敲起来。我摇摇头，说："下课吧。"班长大喊："起立！"学生们乒乒乓乓站起来，夺门跑出去。

我在学生后面走出来，见那女教师也出来，便问她："你的音乐课吗？"她望望我，说："不是呀。"我说："那怎么唱起来了？闹得我没法讲课。"她说："要下课了嘛。唱一唱，学生们高兴，也没有一两分钟。你也可以唱的。"

教室前的空地上如我初来的景象，大大小小的学生们奔来跑去，尘土四起。不一刻，钟又敲了，学生们纷纷回来，坐好。班长自然又大喊起立，学生们站起来。我叹了一口气，说："书都没有，老起什么立？算了，坐下接着抄课文吧。"

学生们继续抄，我在教室里走来走去。因凳都是联着的，不好迈到后排去，又只好在黑板前晃，又不免时时挡住学生的眼睛，便移到门口立着，渐渐觉得无聊。

教室前的场子没了学生，显出空旷。阳光落在地面，有些晃眼。一只极小的猪跑过去，忽然停下来，很认真地在想，又思索着慢慢走。我便集了全部兴趣，替它数步。小猪忽然又跑起来,数目便全乱了。正懊恼间,忽然又发现远处一只母鸡在随便啄食,一只公鸡绕来绕去,母鸡却全不理会,佯作无知。公鸡终于靠近,抖着身体,面红耳赤。母鸡轻轻跑几步,极清高地易地啄食,公鸡撒一下毛,昂首阔步,得体地东张西望几下,慢慢迂回前去。我很高兴,便注意公鸡的得手情况。忽然有学生说:"老师,抄好了。"我回过头,见有几个学生望着我。我问:"都抄好了?"没有抄好的学生们大叫:"没有!没有!"我一边说"快点儿",一边又去望鸡,却见公鸡母鸡都在撒着羽毛,事已完毕。心里后悔了一下,便将心收拢回来,笑着自己,查点尚未抄完的学生。

学生们终于抄好,纷纷抬头望我。我知道该我了,便沉吟了一下,说:"大家抄也抄完了,可明白说的是什么?"学生们仍望着我,无人回答。我又说:"这课文很明白,是讲了一个村子的故事。你们看不懂这个故事?"学生们仍不说话。我不由说得响一些:"咦?真怪了!你们识了这么多年字,应该能看懂故事了嘛。这篇课文,再明白不过。"随手指了一个学生,"你,说说看。"这个学生是个男娃,犹犹豫豫站起来,望望我,又望望黑板，又望望别的学生，笑一笑，说："认不得。"就坐下了。我说："站着。怎么会不知道？这么明白的故事，你又不是傻瓜。"那学生又站起来，有些不自在，忽然说："我要认得了，要你教什么？"学生们一下都笑起来，看着我。我有些恼，说："一个地主搞破坏，被贫下中农揪出来，于是这个村子的生产便搞上去了。这还不明白？这还要教？怪！"我指一指班长："你说说看。"班长站起来，回忆着慢慢说："一个地主搞破坏，被贫下中农揪出来，于是那——这个村子的生产便搞上去了。"我说："你倒学得快。"话刚一说完，后排一个学生突然大声说："你这个老师真不咋样！没见过你这么教书的。该教什么就教什么嘛，先教生字，再教划分段落，再教段落大意，再教主题思想，再教写作方法。该背的背，该留作业的留作业。我都会教。你肯定在队上干活就不咋样，跑到这里来混饭吃。"我望着这个学生，只见他极大的一颗头，比得脖子有些细，昏暗中眼白转来转去地闪，不紧不慢地说，用手抹一抹嘴，竟叹了一口气。学生们都望着我，不说话。我一时竟想不出什么，呆了呆，说："大家都叫什么名字，报一报。"学生们仍不说话，我便指了前排最左边的学生："你。报一报。"学生们便一个一个地报过来。

我看准了,说："王福,你说你都会教,那你来教一下我看。"王福站起来,瞪眼看着我,说："你可是要整我?"我说："不要整你。我才来学校,上课前才拿到书,就这么一本。讲老实话,字,我倒是认得不少;书,没教过,不知道该教你们什么。你说说看,李老师是怎么教的?"王福松懈下来,说："我不过是气话,怎么就真会教?"我说："你来前面,在黑板上说说。第一,哪些字不认识?你们以前识了多少字,我不知道。"王福想了想,便离开座位,迈到前边来。

王福穿一件极短的上衣,胳膊露出半截。裤也极短,揪皱着,一双赤脚极大。他用手拈起一支粉笔,手极大。我说："你把你不识的字在底下划一横。"王福看了一会儿,慢慢在几个字底下划上短线,划完了,又看看,说："没得了。"便抬脚迈回到后排坐下。我说："好,我先来告诉你们这几个字。"正要讲,忽然有一个学生叫："我还有字认不得呢!"这一叫,又有几个学生也纷纷叫有认不得的字。我说："好嘛。都上来划。"于是学生们一窝蜂地上来拿粉笔。我说："一个一个来。"学生们就拥在黑板前,七手八脚划了一大片字。我粗粗一看,一黑板的课文，竟有三分之二学生认不得的字。我笑了，说："你们是怎么念到初三的呢？怪不得你们不知道这篇课文讲的是什么。这里有一半的字都应该在小学就认识了。"王福在后面说："我划的三个字，是以前没有教过的。我可以给你找出证明来。"我看一看黑板，说："这样吧，凡是划上的字，我都来告诉你们，我们慢慢再来整理真正的生字。"学生们都说好。

一字一字教好，又有一间教室歌声大作，我知道要下课了，便说："我们也来唱一支歌。你们会什么呢？"学生们七嘴八舌地提，我定了一首，班长起了音，几十条喉咙便也震天动地地吼起来。我收拾着一应教具，觉得这两节课尚有收获，结结实实地教了几个字，有如一天用锄翻了几分山地，计工员来量了，认认真真地记在账上。歌声一停，钟就响了，我看看班长，说："散吧。"班长说："作业呢？要留作业呢！"我想一想，说："作业就是把今天的生字记好，明天我来问。就这样。"班长于是大喊起立，学生们乒乒乓乓地立起来，在我之前蹿出去。

我将要出门，见王福从我身边过去，便叫住他，说："王福，你来。"王福微微有些呆，看看门外，过来立住。我说："你说你能证明哪些是真正的生字，怎么证明呢？"王福见我问的是这个，便高兴地说："每年抄的课文，凡是所有的生字，我都另写在纸上。我认识多少字，我有数，我可以拿来给你看。"说罢迈到他自己的位子，拿出一只布包，四角打开，取出一个本子，又将包包好，放回去，迈到前边来，将本子递给我。我翻开一看，是一本奖给学习毛著积极分子的本子，上写奖给"王七桶"。我心里"呀"了一声，这王七桶我是认识的。

王七桶绰号王稀屎。稀屎是称呼得极怪的，因为王七桶长得虽然不高，却极结实，两百斤的米包，扛走如飞，绝不似稀屎。我初与他结识是去县里拉粮食。山里吃粮，需坐拖拉机走上百多里到县里粮库拉回。这粮库极大，米是山一样堆在大屋里，用簸箕一下下收到麻袋里，再一袋袋扛出去装上车斗。那一次是两个生产队的粮派一个拖拉机出山去拉。早上六点，我们队和三队拉粮的人便聚来车队，一个带拖斗的"东方红"拉了去县里。一上车，我们队的司务长便笑着对三队的一个人说："稀屎来了？"被称作稀屎的人不说话，只缩在车角闷坐着。我因被派了这次工，也来车上坐着,恰与他是对面,见他衣衫破旧,耳上的泥结成一层壳,且面相凶恶,手脚奇大,不免有些防他。两个队的人互相让了烟,都没有人让他。我想了想,便将手上的烟指给他,说:"抽?"他转过眼睛,一脸的凶肉忽然都顺了,点一点头,将双手在裤上使劲擦一擦,笸箩一样伸过来接。三队的司务长见了,说:"稀屎,抽烟治不了哑巴。"大家都笑起来。我疑惑了,看着他。他脸红起来,摸出火柴自己点上,吸一大口,吐出来,将头低下,一支细白的烟卷像插在树节上。车开到半路遇到泥泞,他总是爬下去。一车的人如不知觉一般仍坐在车上。他一人在下死劲扛车帮,车头轰几下,爬上来,继续往前开,他便跑几步,用手勾住后车板,自己翻上来,颠簸着坐下。别人仍若无其事地说笑着,似乎他只是一个机器部件。出了故障,自然便有这个部件的用途。我因不常出山,没坐过几回车,所以车第二次陷在泥里时,便随他下车去推。车爬上去时,与他追了几步。他自己翻上去了,我没有经验,连车都没有扒上。他坐下后,见我还在后面跑,就弓起身子怪叫着,车上人于是发现我,喊叫起来,司机停下车。他一直弓着身子,直到我爬上车斗,方才坐下,笑一笑。三队的司务长说:"你真笨,车都扒不上么?"我喘息未定,急急地说:"你不笨,要不怎么不下车呢?"三队的司务长说:"稀屎一个人就够了嘛!"车到县里,停在粮库门前。三队来拉粮的人除了司务长在交接手续,别的人都去街上逛,只余他一人在。我们队的人进到库房里,七手八脚地装粮食。装到差不多,停下一看,那边只他一人在装,却也装得差不多了。我们队的人一袋一袋地上车,三队却仍只有他一人上车。百多斤的麻袋,他一人扛走如飞。待差不多时,三队的人买了各样东西回来,将剩下的一两袋扔上车斗,车便开到街上。我们队的人跳下去逛街,三队的人也跳下再去逛街,仍是余他一人守车。我跳下来,仰了头问他:"你不买些东西?"他摇一摇头,坐在麻袋上,竟是快乐的。我一边走,一边问三队的司务长:"哑巴叫什么?"司务长说:"王七桶。"我问:"为什么叫稀屎呢?"司务长说:"稀屎就是稀屎。"我说:"稀屎可比你们队的干屎顶用。"司务长笑了,说:"所以我才每次拉粮只带他出来。"我奇怪了,问:"那几个人不是来拉粮的?"司务长看看我,说:"他们是出来办自己的事的。"我说:"你也太狠了,只带一个人出来拉一个队的粮，回去只补助一个人的钱。"司务长笑笑，说："省心。"我在街上逛了一回，多买了一包烟。回到车边，见王七桶仍坐在车上，就将烟扔给他，说："你去吃饭，我吃了来的。"王七桶指一指嘴，用另一只手拦一下，再用指嘴的手向下一指，表示吃过了。我想大约他是带了吃的，便爬上车，在麻袋上躺下来。忽然有人捅一捅我，我侧头一看，见王七桶将我给他的烟放在我旁边，烟包撕开了，他自己手上捏着一支。我说："你抽。"他举一举手上的烟。我坐起来，说："这烟给你。"将烟扔给他。他拿了烟包，又弓身放回到我旁边。我自己抽出一支，点上，慢慢将烟吐出来，看着他。逛街的人都回来了，三队的司务长对王七桶说："你要的字典还是没有。"王七桶"啊、啊"着，眼睛异样了一下，笸箩一样的手松下来，似乎觉出一天劳作的累来。司机开了车，一路回到山里，先到我们队上将粮卸了，又拉了王七桶一队的粮与人开走。我扛完麻袋回到场上，将将与远去的王七桶举手打个招呼。

我于是知道王福是王七桶的儿子，就说："你爹我知道，很能干。"王福脸有些红，不说话。我翻开这个本子，见一个本子密密麻麻写满了独个的字，便很有兴趣地翻看完，问王福："好。有多少字呢？"王福问："算上今天的吗？"我呆了一下，点点头。王福说："算上今天的一共三千四百五十一个字。"我吃了一惊，说："这么精确？"王福说："不信你数。"我知道我不会去数，但还是翻开本子又看，说："一二三四五六七八九十，这十个数目字你算十个字吗？"王福说："当然，不算十个字，算什么呢？算一个字？"我笑了，说："那么三千四百五十一便是三千四百五十一个字了？"王福没有听出玩笑，认真地说："十字后面是百、千、万、亿、兆。这兆字现在还没有学到，但我认得。凡我认得而课文中没有教的字，我都收在另一个本上。这样的字有四百三十七个。"我说："你倒是学得很认真。我现在还不知道我学了多少字呢。"王福说："老师当然学得多。"这时钟响了，我便将本子还给王福，出去回到办公室。

老陈见我回来了，笑眯眯地问："怎么样？还好吧？刚开始的时候有些那个，一下就会习惯的。"我在分给我的桌子后面坐下来，将课本放在桌子上，想了想，对老陈说："这课的教法是不是有规定？恐怕还是不能乱教。课本既然是全国统一的，那怎么教也应该有个标准，才好让人明白是教对了。比如说吧，一篇文章，应划几个段落？段落大意是什么？主题思想又是什么？写作方法是怎么个方法？我说是这样了，别的学校又教是那样。这语文不比数学。一加一等于二，世界上哪儿都是统一的。语文课应该有个规定才踏实。"老陈说："是呀，有一种备课教材书，上面都写得有，也是各省编的。但是这种书我们更买不到了。"我笑了起来，说："谁有，你指个路子，我去抄嘛。"老陈望望外面，说："难。"我说："老陈，那我可就随便教了，符不符合规格，我不管。"老陈叹了一口气，说："教吧。规定十八岁人才可以参加工作，才得工资，这些孩子就是不学，也没有事干，在这里学一学，总是好的。"我轻松起来，便伏在桌上一课一课地先看一遍。

课于是好教起来，虽然不免常常犯疑。但我认定识字为本，依了王福的本子为根据，一个字一个字地落实。语文课自然有作文项目，初时学生的作文如同天书，常常要猜字到半夜。作文又常常仅有几十字，中间多是时尚的语句，读来令人瞌睡，想想又不是看小说，倒也心平气和。只是渐渐怀疑学生们写这些东西于将来有什么用。

这样教了几天，白天很热闹，晚上又极冷清，便有些想队里，终于趁了一个星期天，回队里去耍。老黑见我回来，很是高兴，拍拍床铺叫我坐下，又出去喊来往日要好的，自然免不了议论一下吃什么，立刻有人去准备。来娣听说了，也聚来屋里，上上下下看一看我，就在铺的另一边靠我坐下。床往下一沉，老黑跳起来说："我这个床睡不得三个人！"来娣倒反整个坐上去，说："那你就不要来睡，碍着我和老师叙话。"大家笑起来，老黑便蹲到地下。来娣撩撩头发，很亲热地说："呀，到底是在屋里教书，看白了呢！"我打开来娣伸过来的胖手，说："不要乱动。"来娣一下叫起来："咦？真是尊贵了，我们劳动人民碰不得了。告诉你，你就是教一百年书，我还不是知道你身上长着什么？哼，才几天，就夹起来装斯文！"我笑着说："我斯文什么？学生比我斯文呢。王七桶，就是三队的王稀屎，知道吧？他有个儿子叫王福，就在我的班上，识得三千八百八十八个字。第一节课我就出了洋相，还是他教我怎么教书的呢。"大家都不相信，我便把那天的课讲了一遍。大家听了，都说："真的，咱们识得几个字呢？谁数过？"我说："我倒有一个法子。我上学时,语文老师见班上有同学学习不耐烦,就说:'别的本事我不知道你们有多大,就单说识字吧。一本《新华字典》,你们随便翻开一页。这一页上你们若没有一个不会读、书、解的字,我就服。以后有这本事的人上课闹,我管我不姓我的姓。'大家不信,当场拿来《新华字典》一翻,真是这样。瞧着挺熟的字,读不出来;以为会读的字,一看拼音,原来自己读错了;不认识,不会解释的字就更多了。大家全服了。后来一打听,我们这位老师每年都拿这个法子治学生,没一回不灵的。"大家听了,都将信将疑,纷纷要找本《新华字典》来试一试,但想来想去没有人有字典,我说我也没有字典,大约还是没有卖的。来娣一直不说话,这时才慢慢地说:"没有字典,当什么孩子王?拉倒吧!老娘倒是有一本。"我急忙说:"拿来给我。"来娣脸上放一下光,将身仰倒,肘撑在床上,把胖腿架起来,说:"那是要有条件的。"大家微笑着问她有什么条件。来娣慢慢团身坐起来,用脚够上鞋,站到地上,捊一捊衣服,拢一拢头,向门口走去,将腰以下扭起来,说:"哎,支部书记嘛,咱们不要当;党委书记嘛,咱们也不要当,也就是当个音乐老师。怎么样?一本字典还抵不上个老师？真老师还没有字典呢！"大家都看着我，笑着。我挠一挠头，说："字典有什么稀奇，可以去买，再说了，老陈还不是有？我可以去借。"来娣在门口停下来，很泄气地转回身来，想一想，说："真的，老杆儿，学校的音乐课怎么样？尽教些什么歌？"我笑了，把被歌声吓了一跳的事讲述了一遍。来娣把双手叉在腰上，头一摆，说："那也叫歌？真见了鬼了。我告诉你，那种歌叫'说'歌，根本不是唱歌。老杆儿，你回去跟学校说，就说咱们队有个来娣，歌子多得来没处放，可以请她去随便教几支。"我说："我又不是领导，怎么能批准你去？"来娣想了想，说："这样吧，你写个词，我来作个曲。你把我作的歌教给你们班上的学生唱，肯定和别的班的歌子不一样，领导问起来，你就说是来娣作的。领导信了我的本事，笃定会叫我去教音乐课。"大家都笑来娣异想天开。我望望来娣。来娣问："怎么样？"我说："可以，可以。"老黑站起来说："什么可以？作曲你以为是闹着玩儿的？那要大学毕业，专门学。那叫艺术，懂吗？艺术！看还狂得没边儿了！"来娣涨红了脸，望着我。我说："我才念了几年书，现在竟去教初三。世界上的事儿难说，什么人能干什么事真说不准。"来娣哼了一声说："作曲有什么难？我自己就常哼哼，其实写下来，就是曲子，我看比现在的那些歌都好听。"说完又过来一屁股坐在床上，一拍我的肩膀："怎么样，老杆儿？就这么着。"

出去搜寻东西的人都回来了，有干笋，有茄子、南瓜，还有野猪肉干巴，酒自然也有。老黑劈些柴来，来娣支起锅灶，乒乒乓乓地整治，半个钟头后竟做出十样荤素。大家围在地下一圈，讲些各种传闻及队里的事，笑一回，骂一回，慢慢吃酒吃菜。我说："还是队里快活。学校里学生一散，冷清得很，好寂寞。"来娣说："我看学校里不是很有几个女老师吗？"我说："不知哪里来的些斯文人，晚上活着都没有声响。"大家笑了起来，问："要什么声响？"我也笑了，说："总归是斯文，教起书来有板有眼，我其实哪里会教？"老黑喝了一小口酒，说："照你一说，我看确是识字为本。识了字，就好办。"有人说："上到初三的学生，字比咱们识得多。可我看咱们用不上，他们将来也未必有用。"来娣说："这种地方，识了字，能写信，能读报，写得批判稿就行，何必按部就班念好多年？"老黑说："怕是写不明白，看不懂呢。我前几天听半导体，里面讲什么是文盲。我告诉你们，识了字，还是文盲，非得读懂了文章，明白那里面的许多意思，才不是文盲。"大家都愣了，疑惑起来，说："这才怪了！扫盲班就是识字班嘛。识了字，就不是文盲了嘛。我们还不都是知识青年？"我想一想，说："不识字，大约是文字盲，读不懂，大约是文化盲。老黑听的这个，有道理，但好像大家都不这么分着讲。"老黑说："当然了，那广播是英国的中文台，讲得好清楚。"大家笑起来，来娣把手指逼到老黑的眼前，叫："老黑，你听敌台，我去领导那里揭发你！"老黑也叫起来："哈，你告嘛！支书还不是听？国家的事，百姓还不知道，人家马上就说了。林秃子死在温都尔汗，支书当天就在耳机子里听到了，瘟头瘟脑地好几天，不肯相信。中央宣布了，他还很得意，说什么早就知道了。其实大家也早知道了，只是不敢说，来娣，你的那些乱七八糟的歌哪里来的？还不是你每天从敌台学来的！什么甲壳虫，什么埃巴，什么雷侬，乱七八糟，你多得很！"来娣夹了一口菜，嚼着说："中央台不清楚嘛，谁叫咱们在天边地角呢。告诉你，老黑，中央台就是有杂音，我也每天还是听。"老黑说："中央台说了上句，我就能对出下句，那都是套路，我摸得很熟，不消听。"我笑起来，说："大约全国人民都很熟。我那个班上的学生，写作文，社论上的话来得个熟，不用教。你出个庆祝国庆的作文题，他能把去年的十一社论抄来，你还觉得一点儿不过时。"大家都点头说不错，老黑说："大概我也能教书。"我说："肯定。"

饭菜吃完，都微微有些冒汗。来娣用脸盆将碗筷收拾了拿去洗，桌上的残余扫了丢出门外，鸡、猪、狗聚来挤吃。大家都站到门外，望望四面大山，舌头在嘴里搅来搅去，将余渣咽净。我看看忙碌的猪狗，嘴脸都还是原来的样子，不觉笑了，说："山中方七日，学校已千年。我还以为过了多少日子呢。"正说着，支书远远过来，望见我，将手背在屁股上，笑着问："回来了？书教得还好？"我说："挺好。"支书近到眼前，接了老黑递的烟，点着，蹲下，将烟吐给一只狗。那狗打了一个喷嚏，摇摇尾巴走开。支书说："老话说：家有隔夜粮，不当孩子王。学生们可闹？"我说："闹不到哪里去。"支书说："听说你教的是初三，不得了！那小学毕业，在以前就是秀才；初中，就是举人；高中，大约就是状元了。举人不得了，在老辈子，就是不做官，也是地方上的声望，巴结得很。你教举人，不得了。"我笑了，说："你的儿子将来也要念到举人。"支书脸上放出光来，说："唉，哪里有举人的水平。老辈子的举人要考呢。现在的学生也不考，随便就念，到了岁数，回到队上干活，识字就得。我那儿子，写封信给内地老家，三天就回信了，我叫儿子念给我，结结巴巴地他也不懂，我也不懂。"来娣正端了碗筷回来，听见了，说："又在说你那封信，也不怕臊人。"支书笑眯眯地不说话，只抽烟。来娣对了我们说："支书请到我，说叫我看看写的是什么。我看来看去不对头，就问支书：'你是谁的爷公？'支书说：'我还做不到爷公。'我说：'这是写给爷公的。'弄来弄去，原来是他儿子写的那封信退回来了，还假模假式地当收信念。收信地址嘛，写在了下面，寄信的地址嘛，写在了上面。狗爬一样的字，认都认不清；读来读去，把舌头都咬了。"大家都哄笑起来，支书也笑起来，很快活的样子，说："唉，说不得，说不得。"

我在队里转来转去，耍了一天，将晚饭吃了，便要回去。老黑说："今夜在我这儿睡，明天一早去。"我说："还是回去吧。回去准备准备，一早上课，从从容容的好。"老黑说也好，便送我上路。我反留住他，说常回来耍，自己一个人慢慢回去。老黑便只送到队外，摇摇手回去了。

天色正是将晚，却有红红的一条云在天上傍近山尖。林子中一条土路有些模糊，心想这几天正是无月，十里路赶回去，黑了怕有些踌躇，便加快脚步疾走。才走不到好远,猛然路旁闪出一个人来。我一惊,问："哪个？"那人先笑了，说："这么快走，赶头刀吗？"原来是来娣，我放下心，便慢慢走着，说："好晚了，你怎么上山了？"来娣说："咦？你站下。我问你,你走了,怎么也不跟老娘告别一下？"我笑了,说："老嘴老脸的,告别什么。我常回来。"来娣停了一下，忽然异声异气地说："老杆儿,你说的那个事情可是真的？"我疑惑了,问："什么事？"来娣说："说你斯文,你倒觍着脸做贵人,怎么一天还没过就忘事？"我望一望天，眼睛移来移去地想,终于想不出。来娣忽然羞涩起来,嗯了一会儿。我从未见来娣如此忸怩过，心头猛然一撞，脸上热起来，脖子有些粗，硬将头低下去。来娣叹了一口气，说："唉,你真忘了？你不是说作个曲子吗？"我头上的脉管一下缩回去，骂了自己一下，说："怎么是我忘了？那是你说的嘛。"来娣说："别管是谁说的，你觉得怎样？"我本没有将这事过心，见来娣认真，就想一想，说："可以吧。不就是编个歌吗？你编，我叫我们班上唱。"我又忽然兴奋起来，舔一舔嘴，说："真的，我们搞一个歌，唱起来跟别的歌都不一样，嘿！好！"来娣也很兴奋，说："走，老娘陪你走一段，我们商量商量看。"我说："你别总在老子面前称老娘。老子比你大着呢。"来娣笑了："好嘛，老子写词，老娘编曲。"我说："词恐怕我写不来。"来娣说："刚说的，你怎么就要退了？不行，你写词，就这么定了。"我想一想，说："那现在也写不出来。"来娣说："哪个叫你现在写？我半路上等你，就是为这个，老黑几个老以为我只会烧火做饭，老娘要悄悄做出一件事，叫他们服气。"我看看天几乎完全黑下来，便说："行，就这么定了，你等我的词。我得走了。"说完便快快向前走去。走不多远，突然又听来娣在后面喊："老杆儿，你看我糊涂的，把正事都忘了！"我停下来转身望去，来娣的身影急急地移近，只觉一件硬东西杵到我的腹上。我用手抓住，方方的一块，被来娣的热手托着。来娣说："喏，这是字典，你拿去用。"我呆了呆，正要推辞，又感激地说："好。可你不用吗？"

来娣在暗虚中说："你用。"我再也想不出什么话，只好说："我走了，你回吧。"说罢转身便走，走不多远，站下听听,回身喊道:"来娣,回吧！"黑暗中静了一会,有脚步慢慢地响起来。

三

当晚想了很久的歌子,却总是一些陈词在盘旋,终于觉得脱不了滥调,便索性睡去。又想一想来娣,觉得太胖,量一量自己的手脚,有些惭愧,于是慢慢数数儿,渐渐睡着。

一早起来,雾中提来凉水洗涮了,有些兴奋,但不知可干些什么,就坐下来吸烟,一下瞥见来娣给的字典,随手拿来翻了,慢慢觉得比小说还读得,上课钟响了,方才省转来,急急忙忙地去上课。

学生们也刚坐好。礼毕之后,我在黑板前走了几步,对学生们说:"大家听好,我要彻底清理一下大家的功课。你们学了九年语文……"学生们叫起来:"哪里来九年？八年！"我疑问了,学生们算给我小学只有五年,我才知道教育改革省去小学一年,就说："好,就是八年。可你们现在的汉语本领,也就是小学五年级,也许还不如。这样下去,再上八年,也是白搭,不如老老实实地返回来学,还有些用处。比如说字,王福那里有统计,是三千多字,有这三千多字,按说足够用了。可你们的文章,错字不说,别字不说,写都写不清楚。若写给别人看,就要写清楚,否则还不如放个臭屁有效果。"学生们乱笑起来,我正色道："笑什么呢？你们自己害了自己。其实认真一些就可以了。我现在要求,字,第一要清楚,写不好看没关系,但一定要清楚,一笔一画。第二——嗯,没有第二,就是第一,字要清楚。听清楚了没有？"学生们可着嗓子吼："听清楚了！"我笑了,说："有志不在声高。咱们规定下,今后不清楚的字,一律算错字,重写五十遍。"学生们"噢"地哄起来。我说："我知道。可你们想想,这是为你们好。念了八年书,出去都写不成个字,臊不臊？你们这几年没有考试,糊里糊涂。大道理我不讲,你们都清楚。我是说,你们起码要对得起你们自己,讲别的没用,既学了这么长时间,总要抓到一两样,才算有本钱。好,第二件事,就是作文不能再抄社论,不管抄什么,反正是不能再抄了。不抄,那写些什么呢?听好,我每次出一个题目,这样吧,也不出题目了。怎么办呢?你们自己写,就写一件事,随便写什么,字不在多,但一定要把这件事老老实实、清清楚楚地写出来。别给我写些花样,什么'红旗飘扬,战鼓震天',你们见过几面红旗?你们谁听过打仗的鼓?分场那一只破鼓,哪里会震天?把这些都给我去掉,没用!清清楚楚地写一件事,比如,写上学,那你就写:早上几点起来,干些什么,怎么走到学校来,路上见到些什么——"学生们又有人叫起来:"以前的老师说那是流水账!"我说:"流水账就流水账,能把流水账写清楚就不错。别看你们上了九年,你们试试瞧。好,咱们现在就做起来。大家拿出纸笔来,写一篇流水账。就写——就写上学吧。"

学生们乱哄哄地说起来,纷纷在书包里掏。我一气说了许多,竟有些冒汗,却畅快许多,好像出了一口闷气,学生们拿出纸笔,开始写起来。不到一分钟,就有人大叫:"老师,咋个写呀?"我说:"就按我说的写。"学生说:"写不出来。"我说:"慢慢写,不着急。"

学生说:"我想不起我怎么上学嘛。"我靠在门边,扫看着各种姿势的学生,说:"会想起来的。自己干的事情,自己清楚。"

教室里静了许久,隔壁有女老师在教课,声音尖尖地传过来,很是激昂,有板有眼。我忽然觉得,愈是简单的事,也许真的愈不容易做,于是走动着,慢慢看学生们写。

王福忽然抬起头来,我望望他,他又不好意思地低下头,将手里的笔放下。我问:"王福,你写好了?"王福点点头。我迈到后面,取过王福的纸,见学生们都抬起头看王福,就说:"都写好了?"学生们又都急忙低下头去写。我慢慢看那纸上,一字一句写道:

我家没有表,我起来了,我穿起衣服,我洗脸,我去伙房打饭,我吃了饭,洗了碗,我拿了书包,我没有表,我走了多久,山有雾,我到学校,我坐下,上课。

我不觉笑起来,说:"好。"迈到前边,将纸放在桌上。学生们都扬起头看我。我问:"还有谁写完了?"又有

一个学生交了过来,我见上面写道:

上学,走,到学校教室,我上学走。

我又说:"好。"学生们兴奋起来,互相看看,各自写下去。

学生们已渐渐交齐,说起话来,有些闹。终于钟敲起来。我说了下课,学生们却并不出去,拥到前边来问。我说:"出去玩,上课再说。"学生们仍不散去,互相议论着。王福静静地坐在位子上,时时看我一眼,眼睛里问着究竟。

钟又敲了,学生们纷纷回到座位上,看着我。我拿起王福的作文,说:"王福写得好。第一,没有错字,清楚。第二,有内容。我念念。"念完了,学生们笑起来。我说:"不要笑。'我'是多了。讲了一个'我',人家明白了,就不必再有'我'。事情还是写了一些,而且看到有雾,别的同学就谁也没有写到雾。大体也明白,只是逗号太多,一逗到底。不过这是以后纠正的事。"我又拿了第二篇,念了,学生们又笑起来。我说:"可笑吧?念了八年书,写一件事情,写得像兔子尾巴。

不过这篇起码写了一个'走'字。我明白,他不是跑来的,也不是飞来的,更不是叫人背来的,而是走来的。就这样,慢慢就会写得多而且清楚,总比抄些东西好。"

王福很高兴,眼白闪起来,抹一抹嘴。我一篇一篇念下去,大家笑个不停。终于又是下课,学生们一拥出去,我也慢慢出来。隔壁的女老师也出来了,见到我,问:"你念些什么怪东西,笑了一节课?"我说:"笑笑好,省得将来耽误事。"

四

课文于是不再教,终日只是认字,选各种事情来写。半月之后,学生们慢慢有些叫苦,焦躁起来。我不免有些犹豫,但眼看学生们渐渐能写清楚,虽然呆板,却是过了自家眼手的,便决心再折磨一阵。

转眼已过去半个月,学校酝酿着一次大行动,计划砍些竹木,将草房顶的朽料换下来。初三班是最高年级,自然担负着进山砍料运料的任务。我在班上说了此事,各队来的学生都嚷到自己队上去砍,决定不下。我问了老陈,老陈说还有几天才动,到时再说吧。

终于到了要行动的前一天。将近下课,我说:"明天大家带来砍刀,咱们班负责二百三十根料,今天就分好组，选出组长，争取一上午砍好，下午运出来。"学生们问："究竟到哪个队去砍呢？"我说："就到我们队，我熟悉，不必花工夫乱找，去了就能砍。只是路有些远，男同学要帮着女同学。"女学生们叫起来："哪个要他们帮！经常做的活路，不比他们差。"忽然有学生问："回来可是要作文？"我笑了，说："不要先想什么作文，干活就痛痛快快干，想些乱七八糟的东西，小心出危险。"学生说："肯定要作文，以前李老师都是出这种题目，一有活动，就是记什么什么活动，还不如先说题目，我们今天就写好。"我说："你看你看，活动还没有，你就能写出来，肯定是抄。"王福突然望着我，隐隐有些笑意，说："定了题目，我今天就能写，而且绝对不是抄。信不信？"我说："王福，你若能写你父母结婚别人来吃喜酒的事情，那你就能今天写明天怎么砍料。"大家笑起来，看着王福。王福把一只大手举起来，说："好，我打下赌！"我说："打什么赌？"王福看定了我，脸涨得很红，说："真的打赌？"我见王福有些异样，心里恍惚了一下，忽然想到这是再明白不过的事，就说："当然。而且全班为证。"学生们都兴奋起来，看着王福和我。我说："王福，你赌什么？"王福眼里放出光来，刚要说，忽然低下头去。我说："我出赌吧。我若输了，我的东西，随便你要。"学生们"噢"地哄起来，纷纷说要我的钢笔，要我的字典。王福听到字典，大叫一声："老师，要字典。"我的字典早已成为班上的圣物，学生中有家境好一些的，已经出山去县里购买，县里竟没有，于是这本字典愈加神圣。我每次上课，必将它放在我的讲桌上，成为镇物。王福常常借去翻看，会突然问我一些字，我当然不能全答出，王福就轻轻叹一口气，说："这是老师的老师。"我见王福赌我的字典，并不惧怕，说："完全可以。"我将字典递给班长。学生们高兴地看着班长，又看着我。我说："收好了，不要给我弄脏。"王福把双手在胸前抹一抹，慢慢地说："但有一个条件。"我说："什么条件都行。"王福又看定我，说："料要到我们三队去砍。"我说："当然可以。哪个队都可以，到三队也可以，不要以为明天到三队去砍，今天你就可以事先写出来。明天的劳动，大家作证，过程有与你写的不符合的，就算你输。不说别的，明天的天气你就不知道。"王福并不泄气，说："好，明天我在队里等大家。"

我在傍晚将刀磨好，天色尚明，就坐在门前看隔壁的女老师洗头发，想一想说："明天劳动，今天洗什么头发，白搭工夫。"女老师说："脏了就洗，有什么不可以？对了，明天你带学生到几队去？"我说："到三队。"女老师说："三队料多？"我说："那倒不一定，但我和学生打了赌。"女老师说："你净搞些歪门邪道，和学生们打什么赌？告诉你，你每天瞎教学生，听说总场教育科都知道了，说是要整顿呢！不骗你，你可小心。"我笑了，说："我怎么是瞎教？我一个一个教字，一点儿不瞎，教就教有用的。"女老师将水泼出去，惊起远处的鸡，又用手撩开垂在脸前的湿发，歪着眼睛看我，说："统一教材你不教，查问起来，看你怎么交待？"我说："教材倒真是统一，我都分不清语文课和政治课的区别。学生们学了语文，将来回到队上，是要当支书吗？"女老师说："德育嘛。"我说："是嘛，我看汉语改德语好了。"女老师扑哧一笑，说："反正你小心。"

晚上闲了无聊，忽然记起与来娣约好编歌的事，便找一张纸来在上面划写。改来改去，忽然一个"辜负"的"辜"字竟想不起古字下面是什么，明明觉得很熟，却无论如何想不起来，于是出去找老陈借字典来查。黑暗中摸到老陈的门外,问:"老陈在吗?"老陈在里面答道:"在呢在呢,进来进来。"我推门进去,见老陈正在一张矮桌前改作业本,看清是我,就说:"坐吧,怎么样?还好吧?"我说:"我不打扰,只是查一个字,借一下字典,就在这里用。"老陈问:"你不是有了一本字典吗?"我说:"咳,今天和王福打赌,我跟他赌字典,字典先放在公证人那里了。"老陈笑一笑,说:"你总脱不了队上的习气,跟学生打什么赌?虽说不讲什么师道尊严,可还要降得住学生。你若输了,学生可就管不住了。"我说:"我绝不会输。"老陈问:"为什么呢?"我说:"王福说他能今天写出一篇明天劳动的作文,你说他能赢吗?我扳了他们这么多日子老老实实写作文的毛病,他倒更来虚的了。王福是极用功的学生,可再用功也编不出来明天的具体事儿,你等着看我赢吧。"老陈呆了许久,轻轻敲一敲桌子,不看我,说:"你还是要注意一下。学校里没什么,反正就是教学生嘛。可不知总场怎么知道你不教课本的事。我倒觉得抓一抓基础还是好的,可你还是不要太离谱,啊?"我说:"学生们也没机会念高中,更说不上上大学了。回到队里,干什么事情都能写清楚,也不枉学校一场。

情况明摆着的，学什么不学什么，有用就行。要不然，真应了那句话，越多越没用。"老陈叹了一口气，不说什么。

我查了字典，笑话着自己的记性，辞了老陈回去。月亮晚晚地出来，黄黄的半隐在山头，明而不亮，我望了望，忽然疑惑起来：王福是个极认真的学生，今天为什么这么坚决呢？于是隐隐有一种预感，好像有什么不妙。又想一想，怎么会呢？回去躺在床上时，终于还是认为我肯定不会输，反而觉得赢得太容易了。

第二天一早，我起来吃了早饭，提了刀，集合了其他队来的学生，向三队走去。在山路上走，露水很大。学生们都赤着脚，沾了水，于是拍出响声，好像是一队鼓掌而行的队伍。大家都很高兴，说王福真傻，一致要做证明，不让他把老师的字典骗了去。

走了近一个钟头，到了三队。大约队上的人已经出工，见不到什么人，冷冷清清。我远远看到进山沟的口上立着一个紧短衣裤的孩子，想必是王福无疑。那孩子望见我们，慢慢地弯下腰，抬起一根长竹，放在肩上，一晃一晃地过来。我看清确是王福，正要喊，却见王福将肩一斜，长竹落在地下，我这才发现路旁草里已有几十根长竹,都杯口粗细。大家走近了,问:"王福,给家里扛料吗?"王福笑嘻嘻地看着我,说:"我赢了。"我说:"还没开始呢,怎么你就赢了?"王福擦了一把脸上的水,头发湿湿地贴在头皮上,衣裤无一处干,也都湿湿地贴在身上,颜色很深。王福说:"走,我带你们进沟,大家做个见证。"大家互相望望,奇怪起来。我一下紧张了,四面望望,迟疑着与学生们一路进去。

山中湿气蔓延开,渐渐升高成为云雾。太阳白白地现出一个圆圈,在雾中走着。林中的露水在叶上聚合,滴落下来,星星点点,多了,如在下雨。

忽然,只见一面山坡上散乱地倒着百多棵长竹,一个人在用刀清理枝杈,手起刀落。声音在山谷中钝钝地响来响去。大家走近了,慢慢站住。那人停下刀,回转身,极凶恶的一张脸,目光扫过来。

我立刻认出了,那人是王七桶。王七桶极慢地露出笑容,抹一抹脸,一脸的肉顺起来。我走上前去,说:"老王,搞什么名堂?"王七桶怪声笑着,向我点头,又指指坡上的长竹,打了一圈的手势,伸一伸拇指。王福走到前面,笑眯眯地说:"我和我爹,昨天晚上八点开始上山砍料,砍够了二百三十棵,抬出去几十棵,就去写作文,半夜以前写好,现在在家里放着,有知青作证。"王福看一看班长,说:"你做公证吧。字典,"王福忽然羞涩起来,声音低下去,有些颤,"我赢了。"

我呆了,看看王福,看看王七桶。王七桶停了怪笑,仍旧去砍枝杈。学生们看着百多根长竹,又看看我。我说:"好。王福。"却心里明白过来,不知怎么对王福表示。

王福看着班长。班长望望我,慢慢从挎包里取出一个纸包,走过去,递到王福手上。王福看看我,我叹了一口气,说:"王福,这字典是我送你的,不是你赢的。"王福急了,说:"我把作文拿来。"我说:"不消了。我们说好是你昨天写今天的劳动,你虽然作文是昨天写的,但劳动也是昨天的。记录一件事,永远在事后,这个道理是扳不动的。你是极认真的孩子,并且为班上做了这么多事,我就把字典送给你吧。"学生们都不说话,王福慢慢把纸包打开,字典露出来,方方的一块。忽然王福极快地将纸包包好,一下塞到班长手里,抬眼望我,说:"我输了。我不要。我要——我要把字典抄下来。每天抄,五万字,一天抄一百,五百天。我们抄书,抄了八年呢。"

我想了很久,说:"抄吧。"

五

自此，每日放了学，王福便在屋中抄字典。我每每点一支烟在旁边望他抄。有时怀疑起来，是不是我害了学生？书究竟可以这样教吗？学也究竟可以这样学吗？初时将教书看得严重，现在又将学习搞得如此呆板，我于教书，到底要负怎样的责任？但看看王福抄得日渐其多，便想，还是要教认真，要教诚实，心下于是安静下来，只是替王福苦。

忽一日，分场来了放映队。电影在山里极其稀罕，常要年把才得瞻仰一次。放映队来，自然便是山里的节日。一整天学生们都在说这件事，下午放学，路远的学生便不回去，也不找饭吃，早早去分场占地位。

我估摸队上老黑他们会来学校歇脚,便从教室扛了两条长凳回自己屋里,好请他们来了坐。待回到屋里,却发现王福早坐在我的桌前又在抄每日的字典,便说:"王福,你不去占位子吗?电影听说很好呢!"王福不抬头,说:"不怕的,就抄完了,电影还早。"我说:"也好。你抄着,我整饭来吃,就在我这里吃。抄完,吃好,去看电影。"王福仍不抬头,只说着"我不吃",仍旧抄下去。

老黑他们果然来了,在前面空场便大叫,我急忙过去,见大家都换了新的衣衫,裤线是笔挺的。来娣更是鲜艳,衣裤裁得极俏,将男人没有的部位绷紧。我笑着说:"来娣,队上的伙食也叫你偷吃得够了,有了钱,不要再吃,买些布来做件富余的衣衫。看你这一身,穷紧得戳眼。"来娣用手扶一扶头发,说:"少跟老娘来这一套。男人眼穷,你怎么也学得贼公鸡一样?今天你们看吧,各队都得穿出好衣衫,暗中比试呢。你们要还是老娘的儿,都替老娘凑凑威风。"老黑将头朝后仰起,又将腰大大一弓,头几乎冲到地下,狠狠地"呸"了一下。来娣笑着,说:"老杆儿,看看你每天上课的地方。"我领了大家,进到初三班的教室。大家四下看了,都说像狗窝,又一个个挤到桌子后面坐好。老黑说:"老杆儿,来,给咱们上一课。"我说:"谁喊起立呢?"来娣说:"我来。"我就迈出门外,重新进来,来娣大喝一声"起立",老黑几个就挤着站起来,将桌子顶倒。大家一齐笑起来,扶好桌子坐下。我清一清嗓子,说:"好,上课。今天的这课,极重要,大家要用心听。我先把课文读一遍。"来娣扶一扶头发,看看其他的人,眼睛放出光来,定定地望着我。我一边在黑板前慢慢走动,一边竖起一个手指,说:"听好。从前,有座山,山里有座庙,庙里有个和尚,讲故事。讲的什么呢?从前,有座山,山里有座庙,庙里有个和尚讲——"老黑他们明白过来,极严肃地一齐吼道:"故事。讲的什么呢?从前有座山,山里有座庙,庙里有个和尚讲故事。讲的什么呢?从前有座山,山里有座庙……"大家一齐吼着这个循环故事,极有节奏,并且声音越来越大,有如在山上扛极重的木料,大家随口编些号子调整步伐,又故意喊得一条山沟嗡嗡响。

闹过了,我看看天色将晚,就说:"你们快去占位子。我吃了饭就来。"大家说好,纷纷向分场走去。来娣说:"老黑,你替我占好位子,我去老杆儿宿舍看看。"

大家笑起来，说："你不是什么都知道么？还看什么？"来娣说："我去帮老杆儿做做饭嘛。"大家仍在笑，说："好，要得，做饭是第一步。"便一路唱着走了。

我与来娣转到后面，指了我的门口，来娣走进去，在里面叫道："咦？你在罚学生么？"我跟进去，见王福还在抄，灯也未点，便一面点起油灯，一面说："王福，别抄了。吃饭。"来娣看着王福，说："这就是王福吗？好用功，怪不得老杆儿夸你。留了许多功课吗？"王福不好意思地说："不是。我在抄老师的字典。"来娣低头看了，高兴地说："妈的，这是我的字典嘛！"我一面将米在舀出的水里洗，一面将王福抄字典的缘故讲给来娣。来娣听了，将字典拿起，"啪"地一下摔在另一只手上，伸给王福，说："拿去。我送给你。"王福不说话，看看我，慢慢退开，又蹲下帮我做事。我说："字典是她送给我的。我送给你，你不要，现在真正的主人来送给你，你就收下。"王福轻轻地说："我抄。抄记得牢。我爹说既然没有帮我赢到，将来找机会到省里去拉粮食，看省里可买得到。"来娣说："你爹？王稀——"我将眼睛用力向来娣盯过去，来娣一下将一个脸涨起来，看我一眼，挤过来说："去去去，我来搞。

你们慢得要死。"于是乒乒乓乓地操持，不再说话。

吃过饭，王福将书用布包了，夹在腋下，说是他爹一定来了，要赶快去，便跑走了。我收拾收拾，说："去看吧。"来娣坐下来，说："空场上演电影，哪里也能看，不着急。"我想一想，就慢慢坐到床上。

油灯昏昏地亮着，我渐渐觉出尴尬，就找话来说。来娣慢慢翻着字典，时时看我一下，眼睛却比油灯还亮。我忽然想起，急忙高兴地说："歌词快写好了呢！"来娣一下转过来，说："我还以为你忘了呢！拿来看看。"我起身翻出来写完的歌词，递给来娣，点起一支烟，望着她。来娣快快地看着歌词，笑着说："这词实在不斯文，我真把你看高了！"我吐出一口烟，看它们在油灯前扭来扭去，说："要什么斯文？实话实说，唱起来好听。只怕编曲子的本领是你吹的。"来娣点点头，忽然说："副歌呢？"我说："还要副歌？"来娣看着我："当然。你现在就写，两句就行。前面的曲子我已经有了。"我望望她。来娣很得意地从椅子上站起来，在屋里旋了半圈，又看看我，喝道："还不快写！"

我兴奋了，在油灯下又看了一遍歌词，略想一想，写下几句，也站起来，喝道："看你的了！"来娣侧身过去，低头看看，一屁股坐在椅上，将腿叉开到桌子两旁，用笔嚓嚓地写。

远处分场隐隐传来电影的开场音乐声，时高时低。山里放电影颇有些不便，需数人轮番脚踩一个链式发电机。踩的人有时累了，电就不稳，喇叭里声音于是便怪声怪气，将著名唱段歪曲。又使银幕上令人景仰的英雄动作忽而坚决，忽而犹豫，但一个山沟的人照样看得有趣。有时踩电的人故意变换频率，搞些即兴的创作，使老片子为大家生出无限快乐。

正想着，来娣已经写完，跳起来叫我看。我试着哼起来，刚有些上口，来娣一把推开我，说："不要贼公鸡似的在嗓子里嘶嘶，这样——"便锐声高唱起来。

那歌声确实有些特别，带些来娣家乡的音型，切分有些妙，又略呈摇曳，孩子们唱起来，绝对是一首特别的歌。

来娣正起劲地唱第二遍，门却忽然打开了。老黑一帮人钻进来，哈哈笑着："来娣，你又搞些什么糖衣炮弹？唱得四邻不安,还能把老杆儿拉下水么？"我说："怎么不看了？"老黑说："八百年来一回，又是那个片子，还不如到你这里来吹牛。来娣，你太亏了。五队的娟子，今天占了风头。有人从界那边街子上给她搞来一条喇叭裤，说是世界上穿的。屁股绷得像开花馒头，真开了眼。不过也好，你免受刺激。"来娣不似往常，却高兴地说："屁股算什么？老娘的曲子出来了。我教你们，你们都来唱。"

大家热热闹闹地学，不多时，熟悉了，来娣起了一个头，齐声吼起来：

一二三四五
初三班真苦
识字过三千
毕业能读书

五四三二一
初三班争气
脑袋在肩上
文章靠自己

又有副歌，转了一个五度。老黑唱得有些左，来娣狠狠盯他一眼，老黑便不再唱，红了脸，只用手击腿。

歌毕，大家有些兴奋，都说这歌解乏，来娣说："可惜词差了一些。"我叹了，说写词实在不是一件容易的事，凑合能写清楚就不错。平时教学生容易严格，正如总场下达生产任务，轮到自己，不由得才同情学生，慢慢思量应该教得快活些才好。

六

第二天一早上课,恰恰轮到作文。学生们都笑嘻嘻地说肯定是写昨天的电影。我说:"昨天的电影?报上评论了好多年了,何消你们来写?我们写了不少的事,写了不少我们看到的事。今天嘛,写一篇你们熟悉的人。人是活动的东西,不好写。大家先试试,在咱们以前的基础上多一点东西。多什么呢?看你们自己,我们以后就来讲这个多。"班长说:"我写我们队的做饭的。"我说:"可以。"又有学生说写我。我笑了,说:"你们熟悉我吗?咱们才在一起一个多月,你们怕是不知道我睡觉打不打呼噜。"学生们笑起来,我又说:"随便你们,我也可以做个活靶子嘛。"

学生们都埋了头写。我忽然想起歌子的事，就慢慢走动着说："今天放学以后，大家稍留一留，我有一支好歌教你们唱。"学生们停了笔，很感兴趣。我让学生们好好写作文，下午再说。

太阳已经升起很高，空场亮堂堂的。我很高兴，就站在门里慢慢望。远远见老陈陪了一个面生的人穿过空场，又站下，老陈指指我的方向，那人便也望望我这里，之后与老陈进到办公室。我想大约是老陈的朋友来访他，他陪朋友观看学校的教舍。场上又有猪鸡在散步，时时遗下一些污迹，又互相在不同对方的粪便里觅食。我不由暗暗庆幸自己今生是人。若是畜类，被人类这样观看，真是惭愧。

又是王福先交上来。我拿在手中慢慢地看，不由吃了一惊。上面写道：

我的父亲

我的父亲是世界中力气最大的人。他在队里扛麻袋，别人都比不过他。我的父亲又是世界中吃饭最多的人。家里的饭，都是母亲让他吃饱。这很对，因为父亲要做工，每月拿钱来养活一家人。

但是父亲说："我没有王福力气大,因为王福在识字。"父亲是一个不能讲话的人,但我懂他的意思。队上有人欺负他,我明白。所以我要好好学文化,替他说话。父亲很辛苦,今天他病了,后来慢慢爬起来,还要去干活,不愿失去一天的钱。我要上学,现在还替不了他。早上出的白太阳,父亲在山上走,走进白太阳里去。我想,父亲有力气啦。

我呆了很久,将王福的这张纸放在桌上,向王福望去。王福低着头在写什么,大约是别科的功课,有些黄的头发,当中一个旋对着我。我慢慢看外面,地面热得有些颤动。我忽然觉得眼睛干涩,便挤一挤眼睛,想,我能教那多的东西么?

终于是下课。我收好了作文,正要转去宿舍,又想一想,还是走到办公室去。进了办公室,见老陈与那面生的人坐成对面。老陈招呼我说:"你来。"我走近去,老陈便指了那人说:"这是总场教育科的吴干事。他有事要与你谈。"我看看他,他也看看我,将指间香烟上一截长长的烟灰弹落,说:"你与学生打过赌?"我不明白,但点点头。吴干事又说:"你教到第几课了?"我说:

"课在上，但课文没教。"吴干事又说："为什么？"我想一想，终于说："没有用。"吴干事看看老陈，说："你说吧。"老陈马上说："你说吧。"吴干事说："很清楚。你说吧。"老陈不看我，说："总场的意思，是叫你再锻炼一下。分场的意思呢，是叫你自己找一个生产队，如果你不愿意回你原来的生产队。我想呢，你不必很急，将课交待一下，休息休息，考虑考虑。我的意思是你去三队吧。"我一下明白事情很简单，但仍假装想一想，说："哪个队都一样，活计都是那些活计。不用考虑，课文没有教，不用交待什么。我现在就走，只是这次学生的作文我想带走，不麻烦吧？"老陈和吴干事望望我。我将课本还给老陈。吴干事犹豫了一下，递过一支烟，我笑一笑，说："不会。"吴干事将烟别在自己耳朵上，说："那，我回去了。"老陈将桌上的本子认真地挪来挪去，只是不说话。

我走出办公室，阳光暴烈起来。望一望初三班的教舍，门内黑黑的，想，先回队上去吧，便顶了太阳离开学校。

第二天极早的时候，我回来收拾了行李，将竹笆留在床上，趁了大雾，捎行李沿山路去三队。太阳依旧是白白的一圈。走着走着,我忽然停下,从包里取出那本字典,翻开,一笔一笔地写上"送给王福　来娣",看一看,又并排写上我的名字,再慢慢地走,不觉轻松起来。

峡谷

山被直着劈开，于是当中有七八里谷地。大约是那刀有些弯，结果谷地中央高出如许，愈近峡口，便愈低。

森森冷气漫出峡口，收掉一身黏汗。近着峡口，倒一株大树，连根拔起，似谷里出了什么不测之事，把大树唬得跑，一跤仰翻在那里。峡顶一线蓝天，深得令人不敢久看。一只鹰在空中移来移去。

峭壁上草木不甚生长，石头生铁般锈着。一块巨石和百十块斗大石头，昏死在峡壁根，一动不动。巨石上伏两只四脚蛇，眼睛眨也不眨，只偶尔吐一下舌芯子，与石头们赛呆。

峡谷

因有人在峡中走，壁上时时落下些许小石，声音左右荡着升上去。那鹰却忽地不见去向。

顺路上去，有三五人家在高处。临路立一幢石屋，门开着，却像睡觉的人。门口一幅布旗静静垂着。愈近人家，便有稀松的石板垫路。

中午的阳光慢慢挤进峡谷，阴气浮开，地气熏上来，石板有些颤。似乎有了噪音，细听却什么也不响。忍不住干咳一两声，总是自讨没趣。一世界都静着，不要谁来多舌。

走近了，方才辨出布旗上有个藏文字，布色已经晒退，字色也相去不远，随旗沉甸甸地垂着。

忽然峡谷中有一点异响，却不辨来源。往身后寻去，只见来路的峡口有一匹马负一条汉，直腿走来。那马腿移得极密，蹄子踏在土路上，闷闷响成一团。骑手侧着身，并不上下颠。

愈来愈近，一到上坡，马慢下来。骑手轻轻一夹，马上了石板，蹄铁连珠般脆响。马一耸一耸向上走，骑手就一坐一坐随它。蹄声在峡谷中回转，又响又高。那只鹰又出现了，慢慢移来移去。

骑手走过眼前，结结实实一脸黑肉，直鼻紧嘴，细眼高颧,眉睫似漆。皮袍裹在身上,胸微敞,露出油灰布衣。手隐在袖中,并不拽缰。藏靴上一层细土,脚尖直翘着。眼睛遇着了,脸一短,肉横着默默一笑,随即复原,似乎咔嚓一响。马直走上去,屁股锦缎一样闪着。

到了布旗下,骑手俯身移下马,将缰绳缚在门前木桩上。马平了脖子立着,甩一甩尾巴,曲一曲前蹄,倒换一下后腿。骑手望望门,那门不算大,骑手似乎比门宽着许多,可拐着腿,左右一晃,竟进去了。

屋里极暗,不辨大小。慢慢就看出两张粗木桌子,三四把长凳,墙里一条木柜。木柜后面一个肥脸汉子,两眼陷进肉里,渗不出光,双肘支在柜上,似在瞌睡。骑手走近柜台,也不说话,只伸手从胸口掏进去,捉出几张纸币,撒在柜上。肥汉也不瞧那钱,转身进了里屋,少顷拿出一大木碗干肉,一副筷,放在骑手面前的木桌上,又回去舀来一碗酒,顺手把钱划到柜里。

骑手喝一口酒,用袖擦一下嘴。又摸出刀割肉,将肉丢进嘴里,脸上凸起,腮紧紧一缩,又紧紧一缩,就咽了。把帽摘了,放在桌上,一头鬈发沉甸甸慢慢松开。手掌在桌上划一划,就有嚓嚓的声音。手指扇

峡谷

一样散着，一般长短，并不拢。肥汉又端出一碗汤来，放在桌上冒气。

一刻工夫，一碗肉已不见。骑手将嘴啃进酒碗里，一仰头，喉结猛一缩，又缓缓移下来，并不出长气，就喝汤。一时满屋都是喉咙响。

不多时，骑手立起身，把帽捏在手里，脸上蒸出一团热气，向肥汉微微一咧嘴，晃出门外。肥汉梦一样呆着。

阳光又移出峡谷，风又蹿来蹿去。布旗上下扭着动。马鬃飘起来，马打了一串响鼻。

骑手戴上帽子，正一正，解下缰绳，马就踏起四蹄。骑手翻上去，紧一紧皮袍，用腿一夹，峡谷里响起一片脆响，不多时又闷闷响成一团，越来越小，越来越小。

耳朵一直支着，不信蹄声竟没有了，许久才辨出风声和布旗的响动。

溜索

不信这声音就是怒江。首领也不多说，用小腿磕一下马。马却更觉迟疑，牛们也慢下来。

一只大鹰旋了半圈，忽然一歪身，扎进山那侧的声音里。马帮像是得到信号，都止住了。汉子们全不说话，纷纷翻下马来，走到牛队的前后，猛发一声喊，连珠脆骂，拳打脚踢。铃铛们又慌慌响起来，马帮如极稠的粥，慢慢流向那个山口。

一个钟头之前就感闻到这隐隐闷雷，初不在意，只当是百里之外天公浇地。雷总不停，才渐渐生疑，懒懒问了一句。首领也只懒懒说是怒江，要过溜索了。

山不高，口极狭，仅容得一个半牛过去。不由捏紧了心，准备一睹气贯滇西的那江，却不料转出山口，依然是闷闷的雷。心下大惑，见前边牛们死也不肯再走，就下马向岸前移去。行到岸边，抽一口气，腿子抖起来，如牛一般，不敢再往前动半步。

万丈绝壁飞快垂下去，马帮原来就在这壁顶上。转了多半日，总觉山低风冷，却不料一直是在万丈之处盘桓。

怒江自西北天际亮亮而来，深远似涓涓细流，隐隐喧声腾上来，着一派森气。俯望那江，蓦地心中一颤，惨叫一声。急转身，却什么也没有，只是再不敢轻易向下探视。叫声漫开，撞了对面的壁，又远远荡回来。

首领稳稳坐在马上，笑一笑。那马平时并不觉雄壮，此时却静立如伟人，晃一晃头，鬃飘起来。首领眼睛细成一道缝，先望望天，满脸冷光一闪，又俯身看峡，腮上绷出筋来。汉子们咦咦喂喂地吼起来，停一刻，又吼着撞那回声。声音旋起来，缓缓落下峡去。

牛铃如击在心上，一步一响，马帮向横在峡上的一根索子颤颤移去。

那索似有千钧之力，扯住两岸石壁，谁也动弹不得，仿佛再有锱铢之力加在上面，不是山倾，就是索崩。

首领缓缓移下马，拐着腿走到索前，举手敲一敲那索，索一动不动。首领瞟一眼汉子们。汉子们早蹲在一边吃烟。只有一个精瘦短小的汉子站起来，向峡下弹出一截纸烟，飘飘悠悠，不见去向。瘦小汉子迈着一双细腿，走到索前，从索头扯出一个竹子折的角框，只一跃，腿已入套。脚一用力，飞身离岸，"嗖"地一下小过去，却发现他腰上还牵一根绳，一端在索头，另一端如带一缕黑烟，弯弯划过峡顶。

那只大鹰在瘦小汉子身下十余丈处移来移去，翅膀尖上几根羽毛被风吹得抖。

再看时，瘦小汉子已到索子向上弯的地方，悄没声地反着倒手拔索，横在索下的绳也一抖一抖地长出去。

大家正睁眼望，对岸一个黑点早停在壁上。不一刻，一个长音飘过来，绳子抖了几抖。又一个汉子站起来，拍拍屁股，抖一抖裤裆，笑一声："狗日的！"

三条汉子一个一个小过去。首领哑声说道："可还歇？"余下的汉子们慢声应道："不消。"纷纷走到牛队里卸驮子。

牛们早卧在地下，两眼哀哀地慢慢眨。两个汉子拽起一条牛，骂着赶到索头。那牛软下去，淌出两滴泪，大眼失了神，皮肉开始抖起来。汉子们缚了它的四蹄，挂在角框上，又将绳扣住框，发一声喊，猛力一推。牛嘴咧开，叫不出声，皮肉抖得模糊一层，屎尿尽数撒泄，飞起多高，又纷纷扬扬，星散坠下峡去。过了索子一多半，那边的汉子们用力飞快地收绳，牛倒垂着，升到对岸。

这边的牛们都哀哀地叫着，汉子们并不理会，仍一头一头推过去。牛们如商量好的，不例外都是一路屎尿，皮肉疯了一样抖。

之后是运驮子，就玩一般了。这岸的汉子们也一个接一个飞身小过去。

战战兢兢跨上角框，首领吼一声："往下看不得，命在天上！"猛一送，只觉耳边生风，聋了一般，任什么也听不见，僵着脖颈盯住天，倒像俯身看海。那海慢慢一旋，无波无浪，却深得令人眼呆，又透远得欲呕。自觉慢了一下，急忙伸手在索上向身后拨去。这索由十几股竹皮扭绞而成，磨得赛刀。手划出血来，黏黏的反倒抓得紧索。手一松开，撕得钻心一疼，不及多想，赶紧倒上去抓住。渐渐就有血溅到唇上、鼻子，自然顾不到，命在天上。

猛然耳边有人笑："莫抓住鸡巴不撒手，看脚底板！"方才觉出已到索头，几个汉子笑着在吃烟，眼纹一直扯到耳边。

慎慎地下来，腿子抖得站不住，脚倒像生下来第一遭知道世界上还有土地，亲亲热热跺几下。小肚子胀得紧，阳物酥酥的，像有尿，却不敢撒，生怕走了气再也立不住了。

眼珠涩涩的，使劲挤一下，端着两手，不敢放下。猛听得空中一声唿哨，尖得直入脑髓，腰背颤一下。回身却见首领早已飞到索头，抽身跃下，拐着腿弹一弹，走到汉子们跟前。有人递过一支烟，"嚓"地一声点好。烟浓浓地在首领脸前聚了一下，又忽地被风吹散，扬起数点火星。

牛马们还卧在地下，皮肉乱抖，半个钟头立不起来。

首领与两个汉子走到绝壁前，扯下裤腰，弯弯地撒出一道尿，落下不到几尺，就被风吹得散开，顺峡向东南飘走。万丈下的怒江，倒像是一股尿水，细细流着。

那鹰斜移着，忽然一栽身，射到壁上，顷刻又飞起来,翅膀一鼓一鼓地扇动。首领把裤腰塞紧,曲着眼望那鹰,抖一抖裆,说:"蛇?"几个汉子也望那鹰,都说:"是呢,蛇。"

牛们终于又上了驮,铃铛朗朗响着,急急地要离开这里。上得马上,才觉出一身黏汗,风吹得身子抖起来。手掌向上托着,寻思几时才能有水洗一洗血肉。顺风扩一扩腮,出一口长气,又觉出闷雷原来一直响着。俯在马上再看怒江,干干地咽一咽,寻不着那鹰。

洗澡

中午的太阳极辣,烫得脸缩着。半天的云前仰后合,被风赶着跑,于是草原上一片一片地暗下去,又一片一片地亮起来。

我已脱下衣服,前后上下搔了许久。阳光照在肉上,搔过的地方便一条一条地热。云暗过来,凉风拂起一身鸡皮疙瘩,不敢下水。

这河大约只能算作溪,不宽,不深,绿绿地流过去。牧草早长到小腿深,身上也已经出过两个月的汗,垢都浸得软软的,于是时时把手伸进衣服里,慢慢将它们集合成长条。春风过去两个月,便能在阳光下扒光衬衣裤,细细搜捡着虱子们。

远远有一骑手缓缓而来，人不急，马更不急，于是有歌声沿草冈漫开。凡开阔之地的民族，语言必像音乐。但歌声并无词句，只是哦哦地起伏着旋律，似乎不承认草原比歌声更远。

骑手走近了，很阔的一个脸，挺一挺腰，翻下马来，又牵着马，慢慢走到河边，任马去饮。骑手看看我，说："热得很！"我也说："热得很。"他又问："要洗澡？"我说："要洗澡。"他一边解开红围腰，一边说："好得很！好得很！"

骑手将围腰扔在草上，红红的烫眼睛。他又脱下袍子，一扔，压在围腰上。围腰还是露出一截，跳跳的。

骑手把衣服都脱了，阳光下，如一块脏玉，宽宽的一身肉，屁股有些短，腿弯弯的站在岸边，用力地搔身上。

他又问："洗澡？"我说："洗澡。"他就双手拍着胸，向水里蹚去。水没到小腿的一半。

忽然他大吼一声，身子一倾，扑进水里。水花惊跳起来，出一片响声。不待水花落下去，他早又在水里翻过身来，双手挖水泼自己，嘴里嗬嗬地叫着。

我站起来，也不由用手拍着胸腹，伸脚向水里探去，但立刻觉得小肚子紧起来。终于是要洗，不能管凉，慎慎地往下走。

冷不防身上火烫也似凉得抖一下，原来骑手在用力挖水泼过来。我脚下一个不稳，跌到水里。

水还糊住眼睛，就听得骑手在嚁嚁大叫。待抹掉脸上的水，见骑手埋在水里，只露一张阔脸在笑。

我说："啊！凉得很！"骑手说："凉得很！"

我急忙用手使劲搓胸前，脸上，腿下，又仰倒在水里。水激得胸紧紧的，喘不出大口的气。天上的云稳稳地快跑。

骑手又哦哦地唱起歌，只是节奏随双手的动作在变，一会儿双手又随歌的节奏在搓。他撅起屁股，把头顶浸到水里，叉开手指到头发里抓，歌声就从两腿间传出来。抓完头，他又叉开腿，很仔细地洗下面的东西，发现我在看他，很高兴地大声说："干净得很！"

我也周身仔细地搓，之后站起来。风吹过，浑身抖着，腮僵得硬硬的，缩缩地看一看草原。

忽然发现云前有一块黄，惊得大叫一声，返身扑进水里。骑手看看我，我把手臂伸出去一指。

对岸一个女子骑在马上，宽宽的一张脸，眼睛很细，

洗澡

不动地望着我们。

骑手看到了她，并不惊慌，把手在胸前抹一抹，阔脸放出光来，向那女子用蒙语问，意思大约是：没有见过吗？

那女子仍静静跨在马上，隐隐有一些笑意。骑手弯下腰去掬一些水，举到肩上松开手，身上沿着起伏处亮亮地闪起来。

那女子说话了，用蒙语，意思大约是：这另外一个人是跌倒了吗？骑手嗬嗬笑了，说："汉人的东西和我的不一样，他恐怕吓着你！"

我分明感到那女子向我盯住看，不由更向水里缩下去。

那女子又向骑手说了："你很好。"骑手一下子得意得不行，伸开两条胳膊舞了一下，又叭叭地拍着胸膛，很快地说："草原大得很，白云美得很，男子应该像最好的马，"他的声音忽然轻柔极了，只有蒙语才能这样又轻又快又柔，"你懂得草原。"

那女子向远处望了一下，胯下的马在原地倒换了一下蹄子。她也极快地说："草原大得孤独，白云美得忧愁，我不知道是不是碰到了最好的马，也许我还没有走遍草原。"

骑手呆住了，慢慢低下头去看河水。那女子声音极高地吆了一下马，马慢慢地摆着屁股离开河边跑去。骑手抬起头来，好像在看天上的河水，忽然猛猛地甩甩头发，走到岸上，很快地把衣服穿起来。又一边慢慢裹着围腰，一边看着远去的黄头巾。骑手一摇一摇地去牵走远了的马，唱起歌来，那大致的意思是：

最好的马在呼伦贝尔
马儿在呼伦贝尔最好
因为呼伦贝尔草原最好

最好的马在呼伦贝尔
马儿在呼伦贝尔最好
因为呼伦贝尔骑手最好

马儿跑遍草原
女人走遍草原
但在呼伦贝尔草原停下来

马儿停在这里

　　女人留在这里

　　成吉思汗的骑手从这里开拔

　　那女子走得极远了,停下来。骑手一直在望着她,于是飞快地翻上马去,紧紧勒住皮缰,马急急地刨几下蹄子。骑手猛一松缰,那马就箭一样笔直地跑进河里,水扇一样分开。马又一跃到对面岸上,飞一样从草上飘过去。

　　阳光明晃晃地从云中垂下来,燃着了草冈上一块红的火,一块黄的火。

雪
山

太阳一沉,下去了。众山都松了一口气。天依然亮,森林却暗了。路自然开始模糊,心于是提起来,贼贼地寻视着,却不能定下来在哪里宿。

急急忙忙,犹犹豫豫,又走了许久,路明明还可分辨,一抬头,天却黑了,再看路,灰不可辨,吃了一惊。

于是摸到一株大树下,用脚蹬一蹬,将包放下。把烟与火柴摸出来,各抽出一支,正待点,想一想,先收起来。俯身将草拢来,择干的聚一小团,又去寻大些的枝,集来罩在上面。再将火柴取出,试一试,划下去。硫火一蹿,急忙拢住,火却忽然一缩,屏住气望,终于静静地燃大。手映得透明,极恭敬地献给干草，草却随便地着了，又燃着枝，劈劈啪啪。顾不上高兴，急忙在影中四下望，抢些大枝，架在火上。

火光映出丈远，远远又寻些干柴。这才坐下，抽一枝燃柴，举来点烟。火烤得头发一响，烟也着了。烟在腔子里胀胀的，待有些痛，才放它们出来，急急的没有踪影，一尺多远才现出散乱，扭着上去。那火说说笑笑，互相招惹着，令人眼呆。渐渐觉出尴尬，如看别人聚会，却总也找不出理由加入，于是闷闷地自己想。

雪山是应该见到了，见到了，那事才可以开始。而还没有见到，于是集了脑中的画片，一页一页地翻，又无非是白的雪，蓝的天，生不出其他新鲜，还不如眼前的火有趣，于是看火。火中开始有白灰，转着飘上去，又做之字形荡下来。"咔嚓"一声，燃透的枝塌下来，再慢慢地移动。有风，火便小吼，暗一暗，再亮一亮，又暗一暗。柴又一塌，醒悟了，缓缓压上几枝，有青烟钻出来，却又"叭"地一声，不知哪里在爆。

依然不能加入火，渐渐悟到，距离的友谊，也令人不舍与向往。心里慢慢宽起来，昏昏的就想睡。侧身将塑料布摊开，躺上去，一滚，把自己包了。

时时中觉出火的集会渐渐散去,勉强看看,小小的一点红,只剩一个醉汉的光景。似梦非梦,又是白的雪,蓝的天,说不清的遥远。有水流进来,刚明白是雾沉下来,就什么也不愿再知觉。

梦中突然见到一块粉红,如音响般,持续而渐强,强到令人惊慌,以为不祥,却又无力闪避,自己迫自己大叫。

却真的听见自己大叫,真的觉到塑料布在脸上,急忙扯开,粉红更亮,天地间却静着,原来非梦,只是混沌中不理知那粉红就是晨光中的山顶。痴痴地望着,脑中渐渐浸出凉与热,不能言语。

山顶是雪。

湖底

后半夜，人来叫，都起了。

摸摸索索，正找不着裤子，有人开了灯，晃得不行。浑身刺痒，就横着竖着斜着挠。都挠，咔哧咔哧的，说，你说今儿打得着吗？打得着，那鱼海了去了。听说有这么长。可不，晾干了还有三斤呢。闹好了，每人能分小二百，吃去吧。

人又来催。门一开，凉得紧，都叫，关上关上！快点儿快点儿，人家司机不等。这就来，也得叫人穿上裤子呀！穿什么裤子，光着吧，到那儿也是脱，怎么也是脱。

不但裤子穿上了，什么都得穿上，大板儿皮袄一裹，一个一个地出去,好像羊竖着走。

凉气一下就麻了头皮,捂上帽子,只剩一张脸没有知觉。一吸气,肺头子冰得疼。真他娘冷。真他奶奶冷。玩儿命啊。吃点子鱼,你看这罪受的。

都说着,都上了车。车发动着,"呼"地一下蹿出去,都摔在网上了,都笑,都骂,都不起来,说,躺着吧。

草原冻得黑黑的,天也黑得冷,没一个星星不哆嗦。就不看星星,省得心里冷。

骑马走着挺平的道儿,车却跑得上上下下。都忍着说,颠着暖和。天却总也不亮,都问,快到了吧?别是迷了。

车也不说一声儿,一下停住。都滚到前头去了,互相推着起来,都四面望,都说,哪儿哪?怎么瞅不见呀?车大灯亮了,都叫起来,那不是!

草原不知怎么就和水接上了。灯柱子里有雾气,瞅不远。都在车上抓渔网,胡乱往下扔。扔了半天,扔完了。都往下跳,一着地,嗬,脚腕没知觉,跺,都跺,响成一片。

车转了个向,灯照着网。都择,择成一长条,三十多米,一头拴在车斗右边。刚还黑着,一下就能看见了,都抬头,天麻麻亮。都说,刚才还黑着呢。

先拢起一堆火。都伸出手,手心翻手背,攥起来搓,再伸出去,手背翻手心,摸摸脸,鼻头没知觉。都瞅水。

说是湖,真大,没边儿。湖面比天亮着几成。怪了,还没结冰。都说,该结了,怎么还没结呢?早呢,白天还暖和呢,就是晚上结了,白天也得化。这才刚立秋。妈的,刚立秋就这么冷。后半夜冷。关外不比关里。北京?北京立秋还下水游泳呢!霜冻差不多了,霜冻也没这疙冷。

酒拿出来了,说,都喝。喝热了,下水。火不能烤了,再烤一会儿离不了,谁也不愿下了,别烤了,别烤了。都离开了,酒传着喝。

天一截比一截亮。湖纹丝不动。

都甩了大羊皮袄,缩头缩脑地解袄扣子。绒衫不脱,脱裤子。往下一褪,毛都奓起来,卵子缩成一团。都赶紧用手搓屁股,搓大腿,搓腿肚子,咔哧咔哧的。

搓热了,搓麻了,手都搓烫了,指尖还冰凉。都佝着腰,一人提一截网,一长串儿,往水里走。

都嚷,妈的,这水真烫啊!要不鱼冻不死呢,敢情水里暖和。你说人也是,咋不学学鱼呢?嘿,人要

湖底

学了鱼，赶明儿可就是鱼打人了。把人网上来，开膛，煺毛，抹上盐，晾干了，男人女人堆一块儿，鱼穿着袄，喝着酒，一筷子一筷子吃人，有熏人，有蒸人，有红烧人，有人汤。

都笑着，都哆嗦着，渐渐往深里走。水一圈儿一圈儿顺腿凉上来。最凉是小肚子，一到这儿，都吆喝。

水是真清。水底灰黄灰黄的。脚碰到了，都嚷，嘿，踩着了！懒婆娘似的，天都亮了，还不起！别嚷别嚷，鱼一会儿跑了。

网头开始往回兜，围了一大片。人渐渐又走高了，水一点一点浅下去。水顺着腿往下流，屁股上闪亮闪亮的。都叫，快！快！冻得老子顶不住了！

天已大亮，网两头都拴在车斗后面。司机说，好了没有？都说，好了好了，就看你的了！

半天没动静。司机一推门，跳下来，骂，妈的，冻上了，这下可毁了！都光着屁股问，拿火烤烤吧？

司机不说话，拿出摇把摇。还是不行，就直起腰来擦一下头。都在心里说，嘿，这小子还出汗了。

司机的胳膊停在脑门上，不动，呆呆的。

都奇怪了。心里猛地一下，都回过头去。

一疙瘩红炭,远远的,无声无息,一蹿,大了一点儿。屁股上都有了感觉。那红炭又一蹿,又大了一点,天上渗出血来。都噤声不得,心跳得咚咚的,都互相听得见,都说不出。

还站在水里的都一哆嗦,喉咙里乱动。听见那怪怪的声音,岸上的都向水里跑。

湖水颤动起来,让人眼晕,呆呆地看着水底。灰黄色裂开亿万条缝,向水面升上来。

奶奶的!都是鱼。

提琴

老侯是手艺人。老侯原来在乡下学木匠,开始的时候锛檩锛椽子。

锛其实是很不容易的活儿。站在原木上,用锛像用镐,一下一下把木头锛出形来,弄不好就锛到自己的脚上。老侯一次也没有锛到自己脚上。

老侯对没有锛伤自己很得意,说,师傅瞧我还行,就让我煞大锯。

煞大锯其实是很不容易的活儿,先将原木架起来,一个人在上,一个人在下,一上一下地拉一张大锯。大锯有齿的一边是弧形的,锯齿有大拇指大。干别的活儿可以喊号子,煞大锯却只能咬着牙,一声不吭,锯完才算。

老侯的腰力就是这两样练出来的。后来老侯学细木工，手下稳，别人都很佩服，其实老侯靠的是腰。

老侯学了细木工，有的时候别人会求他干一些很奇怪的活儿。老侯记得有人拿来过一只不太大的架子，料子是黄花梨，缺了一个小枨，老侯琢磨着给配上了。

人家来取活的时候，老侯问，这是个什么？来人说，不知道。老侯心里说，我才不信不知道呢。

不过老侯到底也不知道那个架子是干什么的，这件事一直是老侯的一块心病。

老侯的家在河北，早年间地方上有许多教堂，教堂办学校，学校上音乐课，用木风琴，弹起来呜呜的很好听。老侯常常要修这木风琴。修好了，神父坐下来弹，老侯就站在旁边听。

有一次神父弹着弹着，忽然说，侯木匠，你会不会修另一种琴？老侯问，什么琴？神父说，提琴。老侯不知道，嘴上说试试吧。神父就把提琴拿来让老侯试试，是把意大利琴。

老侯把琴拿回家琢磨了很久。粗看这把琴很复杂，到处都是弧，没有直的地方。看久了，道理却简单，就是一个有窟窿的木盒。明白了道理，老侯就做了许多模具，蒸了鱼膘胶，把提琴重新粘起来。神父看到修好的琴，很惊奇。神父于是介绍老侯到北京去，因为教会的关系，老侯就常修些教堂的精细什物，四城的人都叫老侯洋木匠。

老侯因为修过洋乐器，所以渐渐有人来找老侯修各种乐器，老侯都能对付。北京解放了，老侯就做了乐器厂的师傅，专门修洋乐器。

一天有个干部模样的拿来一把提琴，请老侯修。老侯一眼就认出是神父那把琴，老侯没有吭声。老侯知道，跟教会沾关系，是麻烦。因为是修过的东西，所以做起来很快。干部来取琴的时候，老侯忍不住说，您的这琴是把好琴。干部说，不是我的，是单位上的。老侯说，就是不太爱惜，公家的东西，好好保护着吧。是把好琴。

一九六六年夏天，到处抄家砸东西，老侯忽然想起那把琴。厂里不开工，老侯凭记忆寻到那个单位去。

老侯在这个单位里东瞧瞧，西看看。单位里人来人往，大字报贴得到处都是，到处都是加了碱的面浆糊味儿。老侯后来笑自己，这是干吗呢？人家单位的东西，自己找个什么呢？怎么找得到呢？于是就往外走。

可巧就让老侯瞧见了那把琴。琴面板已经没有了，所以像一把勺子，一个戴红袖箍的人也正拿它当勺盛着浆糊刷大字报。

老侯就站在那里看那个人刷大字报。那人刷完了，换了一个地方接着刷，老侯就一直跟着，好像一个关心国家大事的人。

魂与魄
与鬼
及孔子

读中国小说，很久很久读不到一种有趣的东西了，就是鬼。这大概是要求文学取现实主义的结果吧。

可鬼也是现实。我的意思是，我们心里有鬼。这是心理现实，加上主义，当然可以，没有什么不可以。

不少人可能记得六十年代初有过一个"不怕鬼"的运动，可能不是运动，但我当时年纪小，觉得是大人又在搞运动，而且出了一本书，叫《不怕鬼的故事》。这本书我看过，看过之后很失望，无趣，还是去听鬼故事，怕鬼其实是很有趣的。后来长大了，不是不怕鬼，而是不信鬼了，我这个人就变得有些无趣了。

怕鬼的人内心总有稚嫩之处，其实这正是有救赎可能之处。中国的鬼故事，教化的功能很强并且确实能够教化，道理也在这里。不过教化是双刃剑，既可以安天下，醇风俗，又可以"天翻地覆慨而慷"，中国无产阶级"文化大革命"能够发动，有一个原因是不少人真的听信"资产阶级上台，千百万颗人头落地"，怕千百万当中有一颗是自己的。结果呢，结果是不落地的头现在有十二亿颗了。

中国文学中，魏晋开始的志怪小说，到唐的传奇，都有笔记的随记随奇，一派天真。鬼故事而天真，很不容易，后来的清代蒲松龄的《聊斋志异》，虽然也写鬼怪，却少了天真。

我曾因此在《闲话闲说》里感叹到莫言：

> 莫言也是山东人，说和写鬼怪，当代中国一绝，在他的家乡高密，鬼怪就是当地世俗构成，像我这类四九年后城里长大的，只知道"阶级敌人"，哪里就写过他了？我听莫言讲鬼怪，格调情怀是唐以前的，语言却是现在的，心里喜欢，明白他是大才。

八六年夏天我和莫言在辽宁大连，他讲起有

一次回家乡山东高密,晚上近到村子,村前有个芦苇荡,于是卷起裤腿涉水过去。不料人一搅动,水中立起无数小红孩儿,连说吵死了吵死了,莫言只好退回岸上,水里复归平静。但这水总是要过的,否则如何回家?家又就近在眼前,于是再涉到水里,小红孩儿们则又从水中立起,连说吵死了吵死了。反复了几次之后,莫言只好在岸上蹲了一夜,天亮才涉水回家。

这是我自小以来听到的最好的一个鬼故事,因此高兴了很久,好像将童年的恐怖洗净,重为天真。

中国文学中最著名的鬼怪故事集应该是《聊斋志异》,不过也因此让不少人只读《聊斋志异》,甚至只读《聊斋志异》精选本,其他的就不读或很少读了,比如同是清代的纪晓岚的《阅微草堂笔记》。

《阅微草堂笔记》与《聊斋志异》不同。《聊斋志异》标明全是听来的,传说蒲松龄自备茶水,请人讲,他记录下来,整理之后,加"异史氏曰"。我们常常不记得"异史氏"曰了些什么,但是记住了故事。这也不妨是个小警示，小说中的议论，读者一般都会略过。读者如逛街的人，他们看的是货色，吆喝不大听的。

《阅微草堂笔记》则是记录所见所闻，你若问这是真的吗？纪晓岚会说，我也嘀咕呢，可我就是听人这么说的，见到的就是这样。所以纪晓岚常常标明讲述者，目击的地点与时间。鲁迅先生常常看《阅微草堂笔记》，我小时候不理解，随着年龄的增长，渐渐懂了。《阅微草堂笔记》的细节是非文学性的，老老实实也结结实实。汪曾祺先生的小说、散文、杂文都有这个特征，所以汪先生的文字几乎是当代中国文字中仅有的没有文艺腔的文字。

明清笔记中多是这样。这就是一笔财富了。我们来看看是怎么样的一笔财富。

《阅微草堂笔记》记载了这样一个故事，说是乾隆年间，户部员外郎长泰公家里有个仆人，仆人有个老婆二十多岁，有一天突然中风，晚上就死了。第二天要入殓的时候，尸体突然活动，而且坐了起来，问"这是什么地方"？

死而复活，大家当然高兴，但是看活过来的她的言行做态，却像个男人，看到自己的丈夫也不认识，而且不会自己梳头。据她自己说,她本是个男子,前几天死后,魂去了阴间,阎王却说他阳寿未尽,但须转为女身,于是借了个女尸还魂。

大家不免问他以前的姓名籍贯,她却不肯泄露,说事已至此,何必再辱及前世。

最初的时候,她不肯和丈夫同床,后来实在没有理由,勉强行房,每每垂泪至天明。有人听到过她说自己读书二十年,做官三十年,现在竟要受奴仆的羞辱。她的丈夫也听她讲梦话说积累了那么多财富,都给儿女们享受了,钱多又有什么用?

长泰公讨厌怪力乱神,所以严禁家人将此事外传。过了三年多,仆人的死而复活的老婆郁郁成疾,终于死了,但大家一直不知道她是谁来附身。

用白话文复述这个故事最大的困难在于"她"与"他"的分别,不过我们可以用"他"来指说魂,用"她"来指说魄。魂是精气神,魄是软皮囊,所以"魂飞魄散",一个可以飞,一个有得散。

清朝的刘炽昌在《客窗闲话》里记载了一个故事,说有个翩翩少年公子,随上任做县官的父亲去四川。不料过险路时马惊了,少年人坠落崖底,魂却一路飘到山东历城县的一个村子，落到这个村子一个刚死的男人的尸体里，大叫一声："摔死我啦！"

他醒来后看到周围都是不认识的人，一个老太婆摸着他说："我儿，你说什么摔死我了？"公子说："你是什么人敢叫我是你儿子？"周围的人说："这是你娘你都不认得了？"并且指着个丑女人说"这是你老婆"，又指着个小孩说"这是你儿子"。

公子说："别瞎说了！我随我父亲去四川上任，在蜀道上落马掉到崖底。我还没有娶妻，哪里来的老婆？更别说儿子了！而且我母亲是皇上敕封的孺人，怎么会是这个老太婆？"

周围的人说："你别说昏话了，拿镜子自己照照吧！"公子一照，看到自己居然是个四十多岁的麻子，就摔了镜子哭起来："我不要活了！"大家听了是好气又好笑。

公子饿了，丑老婆拿糠饼来给他吃，公子觉得难以下咽，于是掉眼泪。丑老婆说："我和婆婆吃树皮吃野菜，舍了脸皮才向人讨了块糠饼子给你吃，你还要怎么着呢？"公子将她骂出门外，看屋内又破又脏，想到自己一向华屋美食，恨不得死了才好。晚上老婆领着小孩进来睡觉，公子又把他们骂出去。婆婆只好叫母子两个同她睡。

第二天，一个老头来劝公子，说："我和你是老哥们儿了，你现在变成这样，我看乡里不能容你这种不孝不义之人，你可怎么办呢？"公子哭着说："你听我的声音，是你朋友的声音吗？"老头说："声音是不一样了，可人还是一样啊。我知道你是借尸还魂，可你现在既然是这个人，就要做这个人该做的事，就好像做官，从高官降为低官，难道你还要做高官的事吗？"

公子明白是这么回事，就请教以后该如何办。老头说："将他的母亲作你的母亲待，将他的儿子当你的儿子养，自食其力，了此身躯。"公子说自己过去只会读书，怎么养家糊口？老头就想出一个办法，说麻子原来不识字，死而复生居然会吟诗做文，宣扬出去，来看的人会很多，办法就有了。

公子按着去做，果然来看怪事的人很多。公子趁机引经据典，很有学问的样子，结果就有人到他这里来读书。公子能开馆教书，收入不错，足以养家，只是他借住在庙里，不再回家，家里人既得温饱，也就随他。

后来公子考了秀才，正好有个人要到四川去，他就写一封信托人带去给父亲。公子的父亲见了信，觉得奇怪，但还是寄了旅费让公子来见一见。

公子到了四川家里，父母见他完全是另一个人，不愿意认他，两个哥哥也说他是冒牌的。公子细述以前家里的一应细节，父亲倒动了心，可是母亲和两个哥哥执意要赶他走。父亲想，这样的话即使留下来，家里也是摆不平，只好偷偷给了他两千两银子，要他回山东去。

从世俗现实来说，看来我们中国人看肉身重，待灵魂轻。再进一步则是"只重衣冠不重人"，连肉身都不重要了，灵魂更无价值。上面两个灵魂附错体的故事，让我们的司空见惯尖锐了一下。说起来，公子还是幸运的，到底附了个男身，不但可以骂老婆，还考了个秀才有了功名，而那个不肯说出前身的男魂，因为附了女身，糟糕透顶，可见不管有没有灵魂，只要是女身，在一个男性社会里就严重到"辱及前世"，还要"每每垂泪到天明"。纪晓岚的这则笔记，女性或女权主义者可以拿去用，不过不妨看了下面一则笔记再说。

清代大学者俞樾在《右台仙馆笔记》里录了个故事，

说中牟县有兄弟俩同时病死,后来弟弟又活了,却是哥哥的魂附体。弟弟的老婆高兴得不得了,要带丈夫回房间。丈夫认为不可以,要去哥哥的房间,嫂子却挡住房门不让他进。附了哥哥的魂的弟弟只好搬到另外的地方住,先调养好病体再说。

十多天后,弟弟觉得病好了,就兴冲冲地回家去。不料老婆和嫂子都避开了,这个附了哥哥魂的人只好出家做了和尚。

上举三则笔记都太沉重了些,这里有个笑里藏"道"的。也是清朝人的梁恭辰在《池上草堂笔记》里有一则笔记,说李二的老婆死了,托梦给李二,讲自己转世投了牛胎,托生为母牛,如果李二还顾念夫妻情分,就把她买回家。李二于是按指点去买了这头母牛回来,养在家中后院。但是这头母牛却常常跑回去,在大庭广众之中与邻居的公牛交配,李二也只好眼睁睁地瞧着。

民间如此,官方怎么样呢?史中记载,大定十三年,尚书省奏,宛平县人张孝善有个儿子叫张合得,大定十二年三月里的一天得病死亡,不料晚上又活过来。活了的张合得说自己是良乡人王建的儿子王喜儿。

勘查后，良乡确有个王建，儿子王喜儿三年前就死了。官府于是让王建与张合得对质，发现张合得对王家的事知道得颇详细，看来是王喜儿借尸还魂，于是准备判张合得为王建的儿子。但事情超乎常理，于是层层上报到金世宗，由最高统治者定夺。

金世宗完颜雍的决定是：张合得判给王建，那么以后就会有人借这个判例作伪，用借尸还魂来搅乱人伦，因此将张合得判给张孝善才妥善。

这让我不禁想起孔子的"不语怪力乱神"。我小时候凭这一句话认为孔子真是一个有科学精神的人，大了以后，才懂得孔子因为社会的稳定才实用性地"不语怪力乱神"。《论语》里的孔子是有怪力乱神的事迹的，但孔子不语怪力乱神的实用态度最为肯定。"敬鬼神而远之"，话说得老老实实；"未知生，焉知死"，虽然可商榷，但话说得很噎人。

《孔子家语》里记载子贡问孔子"死了的人，有知觉还是没有"？孔子的学生里除了颜回，其他人常常刁难他们的老师，有时候甚至咄咄逼人，我们现在如果认为孔子的学生问起话来必然恭恭敬敬，实在是不理解春秋时代社会的混乱。孔子的几次称赞颜回，都透着对其他的学生的无奈而小有感慨。大概除了颜回，孔子的学生们与社会的联系相当紧密，随便就可以拎出个流行问题难为一下老师。这可比一九七六年后考入大学的老三届，手上有一大把早有了自己的答案的问题，问得老师心惊肉跳。

子贡的这一问，显然是社会中怪力乱神多得不得了，而孔子又不语怪力乱神，于是子贡换了个角度来敲打老师。

孔子显然明白子贡的心计，就说："我要是说有呢，恐怕孝子贤孙们都去送死而妨害了生存；我要是说没有呢，恐怕长辈死了不孝子孙连埋都不肯埋了。你这个子贡想知道死人有没有知觉，这事不是现在最急的，你要真的想知道，你自己死了不就知道了吗？"

子贡怎么反应，没有记载，恐怕其他的学生幸灾乐祸地正向子贡起哄呢吧，都不是省油的灯啊。

好像还是《孔子家语》，还是这个子贡，有一次将一个鲁国人从外国赎回鲁国，因此被鲁国人争相传颂夸奖，子贡一下子成了道德标兵。孔子听到了，吩咐学生说，子贡来了你们挡住他，我从此不要见这个人。子贡听说了就慌了，跑来见孔子。

大概是学生们挡不住子贡，所以孔子见到子贡时还在生气，说："子贡你觉得你有钱是不是？"子贡是个商业人才，手头上很有点钱，孔子的周游列国，经济上子贡贡献不菲，"鲁国明明有法律，规定鲁国人在外国若是做了奴隶，得到消息之后，国家出钱去把他赎回来。你子贡有钱，那没钱的鲁国人遇到老乡在外国做了奴隶怎么办？你的做法，不是成了别人的道德负担了吗？"

孔子的脑筋很清晰。哪个学生我忘记了，问孔子"为什么古人规定父母去世儿子要守三年的丧"？孔子说："你应该庆幸有这么个规定才是。父母死了，你不守丧，别人戳脊梁，那你做人不是很难了吗？你悲痛过度，守丧超过了三年，那你怎么求生计养家糊口？有了三年的规定，不是很方便吗？"

孔子死后，学生中只有子贡守丧超过了三年，守了六年。以子贡这样的商业人才，现在的人不难明白六年是多大的损失。好像是曾参跑来怪子贡不按老师生前的要求做，大有你子贡又犯从前赎人那种性质的错误了。子贡说,老师生前讲过超出与不足都是失度(度就是中庸)，我觉得我对老师感情上的度，是六年。

屡次被孔子骂的子贡，是孔子的最好的学生。颜回是不是呢？我有点怀疑，尽管《论语》上明明白白记载着孔子的夸奖。

不过扯远了，我是说，我喜欢孔子的入世，入得很清晰，有智慧，含幽默，实实在在不标榜。道家则总有点标榜的味道，从古到今，不断地有人用道家来标榜自己，因为实在是太方便了。我曾在《棋王》里写到过一个光头老者，满口道禅，捧起人来玄虚得不得了，其实是为遮自己的面子。我在生活中碰到不少这种人，还常常要来拍你的肩膀。汪曾祺先生曾写过篇文章警惕我不要陷在道家里，拳拳之心，大概是被光头老者蒙蔽了。

不过后世的儒家，实用到主义，当然会非常压制人的本能意识，尤其是一心只读圣贤书的人。这必然会引起反弹，明清的读书人于是偏要来谈怪力乱神，清代的袁枚，就将自己的一本笔记作品直接名为《子不语》。我们也因此知道其实说什么不要紧，而是为什么要这么说。

还有篇幅，不妨再看看明清笔记中还有什么有趣的东西。

梁恭辰在《池上草堂笔记》里记了个故事，说衡水县有个妇人与某甲私通而杀了亲夫，死者的侄子告到县衙门里去。某甲贿赂验尸的仵作，当然结果是尸体无伤痕，于是某甲反告死者的侄子诬陷。这个侄子不服，上诉到巡按，巡按就派另一个县的县令邓公去衡水县复审。邓公到了衡水县，查不出证据，搞不出名堂。

晚上邓公思来想去，不觉已到三更时分，蜡烛光忽然暗了下来。阴风过后，出现一个鬼魂，跪在桌案前，啜泣不止，似乎在说什么。

邓公当然心里惊惧，仔细看这个鬼魂，非常像白天查过的那具尸体，鬼魂的右耳洞里垂下一条白练。

邓公忽然省悟，就大声说："我会为你申冤的。"鬼魂磕头拜谢后就消失了，烛光于是重放光明。

次日一早，邓公就找来衡水县县令和仵作再去验尸。衡水县令笑话邓公说："都说邓公是个书呆子，看来真是这样。这个人做了十年官，家里竟没有积蓄，可知他的才干如何，像这种明明白白的案子，哪里是他这样的人可以办的！"

话虽这样说，可是也不得不去再验一回尸体。到了停尸房,邓公命人查验尸体的右耳。仵作一听,大惊失色。结果呢,从尸体的右耳中掏出有半斤重的棉絮。

邓公对衡水县县令说:"这就是奸夫淫妇的作案手段。"妇人和某甲终于认罪。

这个故事,中国人很熟悉,包公案,狄公案,"三言二拍"中都有过,只不过作案的手段有的是耳朵里钉钉子,有的是鼻子里钉钉子,还有的是头顶囟门钉钉子,几乎世界各国都有这样的作案手段,我要是个验尸官,免不了会先在这些经典位置找钉子。

破案的路径差不多都是托梦,鬼魂显形,《哈姆雷特》也是这样,只不过凶手是往耳朵里倒毒药,简直是比较犯罪学的典型材料。你要是对这则笔记失望的话,不妨来看看纪晓岚的一则。

《阅微草堂笔记》里有一则笔记说总督唐执玉复审一件大案,已经定案了。这一夜唐执玉正在独坐,就听到外面有哭泣声,而且声音愈来愈近。唐执玉就叫婢女去看看怎么回事。婢女出去后惊叫,接着是身体倒地的声音。

唐执玉打开窗一看,只见一个鬼跪在台阶下面,浑身是血。唐执玉大叫:"哪里来的鬼东西!"鬼磕头说:"杀我的人其实是谁谁谁,但是县官误判成另一个人,此冤一定要申啊。"唐执玉听说是这样,心下明白,就说"我知道了",鬼也就消失了。

次日,唐执玉登堂再审该案,传讯相关人士,发现大家说的死者生前穿的衣服鞋袜,与昨天自己见到的鬼穿的相同,于是主意笃定,改判凶手为鬼说的谁谁谁。原审的县令不服,唐执玉就是这样定案了。

唐执玉手下的一个幕僚想不通,觉得这里一定有个什么道理,于是私下请教唐执玉,唐执玉呢,也就说了昨晚所见所闻。幕僚听了,也没有说什么。

隔了一夜,幕僚又来见唐执玉,问:"你见到的鬼是从哪里进来的呢?"唐执玉说:"见到时他就已经跪在台阶下了。"幕僚又问:"那你见到他从哪里消失的呢?"唐执玉说:"翻墙走的。"幕僚说:"鬼应该是一下子就消失的,好像不应该翻墙离开吧。"

唐执玉和幕僚到鬼翻墙头的地方去看,墙瓦没有裂痕,但是因为那天鬼来之前下过雨,结果两个人看到屋顶上有泥脚印,直连到墙头外。

幕僚说:"恐怕是囚犯买通轻功者装鬼吧?"

唐执玉恍然,结果仍按原审县令的判决定下来,只是讳言其事，也不追究装鬼的人。

两百多年前的那个死囚可算是个心理学家，文化学者，洞悉人文，差一点就成功了。幕僚是个老实的怀疑论者，唐执玉则知错即改，通情达理，不过唐执玉的讳言其事，也可解作他到底是读圣贤书出身，语怪力乱神到底有违形象。

一九九七年五月　上海青浦